夢のれん

小料理のどか屋 人情帖8

倉阪鬼一郎

時代小説

二見時代小説文庫

夢のれん——小料理のどか屋人情帖8

目次

第一章　卯の花寿司　7
第二章　夫婦煮《めおとに》と市松和《いちまつあ》え　34
第三章　春野皿　69
第四章　のどか焼き　96
第五章　団子《だんご》と包玉子《つつみたまご》　126

第六章　花びら寿司　158
第七章　冷やし味噌汁　182
第八章　筏《いかだ》巻き　204
第九章　銭《ぜに》小判《こばん》　237
第十章　小菊巻き　258
終　章　人生の一歩　285

第一章　卯の花寿司

一

のどか屋にも花だよりが届いた。

岩本町《いわもとちょう》の角《かど》にある小料理の見世《みせ》は、すっかり町になじんだ。ありがたいことに、何か祝いごとがあるたびに常連客が足を運んでくれる。客が来れば、さまざまな話が伝わる。どこの桜が何分咲きになったか、居ながらにして花だよりを聞くことができた。

「墨堤《ぼくてい》は五分咲きくらいみたいだね」

隠居の季川《きせん》が言った。

のどか屋には座敷のほかに檜《ひのき》の一枚板の席がある。厨《くりや》で料理をつくるあるじの時吉《ときち》の様子が見えるし、気安く話もできるからなかなかに好評だった。

ただし、一見《いちげん》の客は座りにくい。おのずと一枚板の席には常連が座ることとなる。

その常連のなかでも、おかみのおちよにとっては俳諧《はいかい》の師でもある大橋《おおはし》季川はいちばんの顔だった。のどか屋に白髪《はくはつ》で福相の老人がいると、それだけで落ち着いた気分になれる。

「うちの店子《たなこ》らは、ひと足早く花見に出かけましたがね」

源兵衛《げんべえ》が言った。岩本町の顔役で、困った店子からは店賃《たなちん》を取らない人情家主だ。

「墨堤へかい？」

「ええ。花っていうより、酒をかっくらって騒ぎたいばっかりでしょうが」

「なら、今度はうちでお弁当を」

背に負うた赤子を揺すりながら、おちよが如才《じょさい》なく言った。

昨年、待望の赤子が生まれた。千吉《せんきち》はその後も、風邪をひくこともなく滞《とどこお》りなく育っている。いつのまにか首もすっかり据《す》わった。背に負うていると、その育ちぶりがはっきりと分かった。

二階へ通じる階段では、猫たちがどたばたとたわむれている。のどか、やまと、ちの、三匹の猫たちも変わりなく元気だ。

「おう、花見弁当なら一つ頼むぜ」

座敷の職人衆から声がかかった。

「ありがたく存じます。いつごろお出かけで？」

おちよが問う。

「そりゃあまだ、お天道《てんと》さまのかげんにもよるからなあ」

「花の咲き具合にもな」

「前の日に言っときゃいいかい？」

「当日の朝でもようございますよ」

厨から時吉が答えた。

「そうかい。なら、改めて頼みに来らあ」

「ありがたく存じます。……はい、お待ちどおさま」

時吉は一枚板の席の客に小鉢を出した。

「ほう、こりゃ景色だね」

季川が笑みを浮かべる。

「なるほど、花筏《はないかだ》に見立ててるんだ」

と、源兵衛。

「まだ咲いたばかりで申し訳なかったんですけど、神社の桜からいただいてきました。もちろん、お賽銭《さいせん》を出して」

ぐずりだした千吉をあやしながら、おちよが言った。

「それなら神様も文句を言えないね」

「そのうち、千ちゃんが手を伸ばして花びらを摘むようになるさ」

人情家主はそう言って、小鉢に箸を伸ばした。

筏に見立てられているのは蕗《ふき》だった。塩を振って板ずりをし、茹でてから皮を剝き、ほどよい長さに切りそろえる。下ごしらえには手間がかかるが、丸木に見立てるには蕗がいちばんだ。

きれいに積み上げてつくった蕗の筏には二杯酢をかけ、胡麻を散らす。さらに、桜の花びらをひらりと乗せれば、ゆるゆると川を流れる花筏のできあがりだ。

「うん、春の味がするね」

「ほろ苦いものはお酒にも合いますな。まま、一杯、ご隠居」

源兵衛が酒を注《つ》いだ。

「こっちの蕗もうめえぜ」

「甘《あめ》え味噌とよく合ってら」

職人衆の肴《さかな》は、同じ蕗でも胡麻味噌和《あ》えだ。

擂《す》り胡麻に赤味噌と味醂《みりん》を加えて蕗と合わせる。こちらは丸太風ではなく、包丁を小刻みに入れてみじん切りにする。甘めの衣と蕗が按配《あんばい》よく響き合って、存分にうまい。

「これも結構だけど、火の入ってる料理も食べたくなってきたね」

季川が言った。

「蕗を茹でるときにも火は入ってるでしょう、ご隠居」

「そりゃそうだが、ちゃんとした焼き目が入ってるのがいいね」

「焼き物ですね。承知しました」

厨に立つ時吉は、軽く頭を下げた。

金目鯛《きんめだい》のつけ焼きの下ごしらえはもう終わっていた。

つけ汁は酒、醤油《したじ》、味醂を等分に合わせてつくる。これに金目鯛の切り身を小半時（約三十分）ほど漬けておくと、いい具合に味がしみる。

ここまでお膳立てが整えば、あとは焼くばかりだ。普通は魚を焼くときに塩を振るが、つけ焼きの場合は要《い》らない。たれには塩気が交じっているから、いい具合に魚から水気が出てくれる。その代わりに塩気がしみていくので、あえて塩を振ることはない。

焼きかげんはなかなかにむずかしい。酒や味醂はともすると焦げやすいからだ。焦げ目がつくのはいいが、焦がしてはいけない。時吉はそのあたりに気を遣いながら金目鯛を焼いていった。

「はい、お待ち」

と、明るめの笠間《かさま》の皿に盛った品を差し出す。

「おお、こりゃ香りだけでこたえられないね」

隠居が相好《そうごう》を崩した。

「どれ、さっそくいただきましょう」

源兵衛が箸を取った。

「おいらも、と言いたいところだが、金目を食うには金が足りねえ」

「かかあに角《つの》を出されちまう」

職人衆が鬼に見立てたしぐさをした。

「ご常連さんにはお安くしておきますよ。ねえ、おまえさん」

おちよが如才なく言う。

「もちろんです。おつくりいたしましょうか？」

「うっ、攻めてくるねえ。ただ……ここは堪忍《かんにん》だ。小腹も空いてきたから、焼き飯か何かで」

「おいらも、そいつで我慢だ」

「承知しました」

時吉は無理に押さず、手早く焼き飯をつくりだした。

大根の葉と皮を使った焼き飯だが、これがまた侮《あなど》れないほどうまい。皮、葉の順に炒めてから、鍋の真ん中を空け、醬油を垂らしてわざと焦がす。

醬油を焦がして風味が出たところで具と交ぜ、さらに飯を加えて炒める。仕上げに胡麻を振れば、いくらでも胃の腑《ふ》に入る焼き飯になる。

「まあしかし、こういう焼き物なら重畳《ちょうじょう》だね。火が人のためになってるから」

季川が言った。

「ほんとですね。つけ焼きのたれがしみて、それを火がうまい具合にあぶってくれてら。腕だねえ」

源兵衛がうなる。

「人のためにならない火もありますからねえ。……おお、よしよし」

何が気に入らないのか、なかなか泣きやもうとしない千吉をあやしながら、おちよが言った。

「まったくだ、おかみ。今年も正月から難儀な火が出ちまった」

と、家主。

「ほんとに、まだ年が明けたばっかりだったのに、焼け出された人は災難なことで」

わが身も焼け出されたことがあるおちよは、しんみりとした口調になった。

文政《ぶんせい》十年の正月はいきなり火事から始まった。まだ屠蘇《とそ》気分の醒めやらぬ三日の晩、葺屋町《ふきやちょう》から火が出た。堺町《さかいちょう》から芳町《よしちょう》、人形町《にんぎょうちょう》と燃え広がり、甚左衛門町《じんざえもんちょう》でからくも鎮《しず》まった。

風向きによっては堀を飛び越えて、江戸の広範囲にわたる大火になるところだった。銀座もすぐ近くだから、そちらの役人は肝《きも》を冷やしたことだろう。

「まったく、火ばっかりはどこに出るか分かんねえからな」

「この焼き飯みたいに火が回っちまったら、逃げ場がねえ」

「それにしてもうめえな。ただの大根なのによう」

「まったくだ。噛むとまたうまみが出てくる」

職人衆が感心しながら大根焼き飯を食べていると、のれんがさっと開き、常連がまた一人顔を見せた。

湯屋《ゆうや》のあるじの寅次《とらじ》だった。

二

「ありがたく存じます。のどか屋の宣伝をしていただいて」

おちよが寅次に頭を下げた。

「なに、無理に宣伝したわけじゃないさ。『ここいらでうまい料理屋はどこか』と問われたら、だれだってのどか屋の名を挙げるだろうよ」

岩本町の名物男は上機嫌で言った。

「ありがたいことで」

時吉が頭を下げた。

「そりゃ、三河町《みかわちょう》にのれんを出してたころは、料理屋の番付にも載ったくらいだからね。時さんの腕におちよさんの笑顔、こりゃあだれだってのどか屋の名を挙げるよ」

と、隠居。

「その元ののどか屋にも食いに行きたかったねえ」

寅次はそう言って、塩茹での空豆に箸を伸ばした。

空豆は筋のない側に包丁目を入れ、塩茹でにする。笊《ざる》で冷ましたところでさらに塩を振ればできあがりだ。桜の花の甘酢漬けを添えると、空豆の緑がいちだんとつややかに際立つ。

湯屋は遅くまであいている。べつに仕事が終わったわけではないのだが、寅次は折にふれてのどか屋に油を売りにくる。腰を落ちつけて呑み食いをするわけではないから、格別に凝ったものは要らない。

「こないだ、千吉も連れて三河町まで行ってきたんです」

おちよが言った。

「むかしののどか屋があったところだね」

「ええ。いまは普通の長屋に建て替わっていて、むかしの面影はありませんけど」

「ただ、出世不動はむかしと変わりませんから、千吉と一緒にお参りしてきました」

次の肴をつくりながら、時吉は言った。

「いずれ千ちゃんが出世するようにってかい？」

「いえいえ、出世なんかはべつにしなくてもいいので」

「そりゃ欲がないじゃないか」

湯屋のあるじが、また一つ空豆を口に運ぶ。

「ほんとに、えらくなんかならなくたっていいんです。普通に、穏やかに世渡りをしていければ、それがいちばんですから」

「なるほど。それもそうだな」

寅次がうなずく。

「何かを失って初めて、ごく平凡で当たり前だったことのありがたみが感じられてくるものだからね」

季川が言った。

「そうですね、ご隠居。店子にはいろいろな者がおりました。なかには災いに巻きこまれたりして亡くなった者もいる。そういった人の顔が、夜更けにふと浮かんでくることもあります」

源兵衛はいくらかしんみりした口調になった。

「三河町の火事のときもそうでしたね」

と、おちよ。

「ああ、あのときは何人も大事な人を亡くしてしまったからね」

隠居の友だった安房屋《あわや》の辰蔵《たつぞう》も先の大火で命を落とした。縁のあった火消し衆のなかにも犠牲になった者がいた。そういった者たちが築いてくれた礎《いしずえ》の上に、いまの江戸の暮らしがある。

「そういう災難に遭わないように、千吉が普通に暮らしていけるようにと、出世不動さんにお願いしてきたんです」

「それと、ちょっとでも歩けるようになれば、と」

おちよはそう言って千吉の足をなでた。

のどか屋に生まれた待望の跡取り息子は、片足の向きが曲がっていた。何かにすがって歩けるようになるまでは、かなり難儀をしそうだ。そのあたりは、親が杖代《つえ》わりになってやろうと日頃から話をしていた。

「千ちゃん、這い這いはするようになったんだってね」

寅次が目を細めた。

「まだほんのちょっとですけど。足の具合もあるので、なかなか進みません」

「まあ、ぼちぼち進むようになるさ、おちよさん。……お、できたね」

隠居が厨を見た。

「お待たせしました。筍《たけのこ》とちりめんじゃこの辛煮《からに》です」

一枚板の客に、時吉は一つずつていねいに小鉢を出していった。

「筍は田舎煮《いなかに》もございますので」

湯屋のあるじに声をかける。

「お先にいただいたけど、あの筍は絶品だよ」

「味のしみかげんが、実にこたえられなかったね」

二人の先客が勧める。

「そう言われたら、食わないわけにはいきませんな」

寅次が笑った。

まずは、辛煮だ。

米ぬかなどを入れて茹でてあく抜きをした筍を、食べよい大きさに切り、素早く水で洗ったちりめんじゃこと同じ鍋で煮る。

まず水と酒だけで落とし蓋をして煮て、頃合いになったら醬油と一味《いちみ》唐辛子を加える。あとは汁気が飛ぶまで煮詰めて、木の芽をあしらって盛り付ければできあがりだ。

「おお、こりゃ酒がずいぶんと進みそうだが……見つかったら、またかかあに説教を食らうからなあ」

寅次が微妙な顔つきで言った。

「一本くらい平気でしょうに」

「酒が余ったら、おいらが呑んであげますぜ」

職人衆が軽口を飛ばす。

「いや、ここは茶で我慢だ」

寅次はそう言って、湯呑みに手を伸ばした。

「なんだか申し訳ないね」

「筍とじゃこの嚙み味がいい感じだな。……まま、こっそり一杯」

源兵衛が季川に酒を注ぐ。

「それにしても、せっかくのどか屋を教えてやったのに、来ないな、あの客」

箸を動かしながら、寅次が言った。

「遊び人風のやつですかい？」

人情家主がたずねた。

「いや、もっと何か……妙に思いつめたような感じの若い衆でしたよ。おっ、いい照りだね」

次の皿が出た。筍の田舎煮だ。

こちらは筍だけで、味つけが辛煮とは違う。だし汁、醬油、酒、それに赤ざらめを合わせてあるから、江戸風の甘辛い味になる。できたてもいいが、冷めても味がしみて存分にうまい。食せばさくっと筍が音を立てる。その音まで美味のうちだ。

「思いつめたようにおいしいお見世を探すって、どういうことかしら」

おちよが首をかしげた。

「さあ、どうだろうかねえ。番付の下調べをしているとか」

隠居が言う。

「どこぞかのむずかしい大店《おおだな》の旦那の命令かもしれないよ」

家主が思いつきを口にした。

「ああ、なるほど。お忍びでうまいものを食いに行きたいから、おまえ、調べてこい、ってわけだ」

湯屋のあるじがただちに呑みこんで言った。

おおかたそんなところだろう、となんとなく話がまとまったところで、座敷の職人衆が腰を上げた。

「毎度ありがたく存じます」

おちよが見送ったあと、入れ替わりに湯屋の娘が入ってきた。

「そろそろ、お湯から上がる頃合いですよ、お父さま」

寅次の娘のおとせが声をかけた。

桃割れに、今日は半四郎鹿《はんしろうか》の子《こ》の手絡《てがら》をかけている。岩本町の湯屋の看板娘だ。おとせが番台に座っているとにわかに男客が増えるというのは、まんざら戯《ざ》れ言《ごと》でもないらしい。

「なんでえ、いま浸かったばっかりじゃねえか」

「長湯をするのは江戸っ子じゃねえって、どなたかがおっしゃったはず」

「おめえ、いちいち言うことがひねくれてきたな」

そんな父と娘のやり取りを、一枚板の客たちはほほえましく見守っていた。

「ま、かかあにへそを曲げられたら一大事だからな」

寅次はそう言って、残った田舎煮をほおばると、すっと席を立った。

「またのお越しを」

「お待ちしておりますので」

「なら、お邪魔さまで」

季川と源兵衛が声をかける。

寅次が手を挙げた。

「ほんとにお邪魔さまでした」

おとせが頭を下げる。

岩本町の名物男は、娘に急《せ》かされるようにして帰っていった。

三

「おや、いらっしゃいまし。ご無沙汰でございます」

ややあって見世に入ってきた二人の客を見て、おちよが声をかけた。

「なんの、無沙汰をわびるのはこちらでござるよ」

偉丈夫がすぐさま答えた。

「おう、しばらく見ないうちに、おっきなったなあ」

華奢《きゃしゃ》なほうが上方《かみがた》の訛《なま》りを交えて言った。

偉丈夫が原川新五郎《はらかわしんごろう》、華奢なほうが国枝幸兵衛《くにえだこうべえ》、ともに大和梨川《やまとなしがわ》藩の勤番《きんばん》の武士だ。

「ちょっと抱かせてもらえるかな、おかみ」

座敷に上がった原川が手を伸ばした。

「ええ、どうぞ」

おちよが千吉を抱き、いかつい顔の武家に渡す。

「落とすなよ」

国枝幸兵衛が声をかける。

「大丈夫や。わが子で慣れてる。……おお、よしよし、父上に似て男前だのう」

「いまは料理人なんで、父上ではなく、ただのおとっつぁんですよ」

厨から時吉が言った。

「おお、そうであった。いまだに徳右衛門《とくえもん》と呼びそうになるが。……おお、泣いてしもた、やっぱりわしではいかんか」

偉丈夫があわてておちよの手に千吉を戻したから、のどか屋に和気が満ちた。

刀を捨てて包丁に持ち替え、のどか屋のあるじとなって久しい。時吉と名乗る前の名は磯貝《いそがい》徳右衛門、この二人と同じく大和梨川藩の禄《ろく》を食《は》んでいた。

一度は窮地に陥り、面体《めんてい》を変えるためにわが顔を焼いたりしたのだが、時吉の一命を賭《と》した奮闘ぶりは報われた。御家騒動は無事収束し、私腹を肥やしていた者どもは一掃されたのだ。

その功に鑑《かんが》み、藩に戻る道も開かれたけれども、時吉はそれを固辞し、市井《しせい》の料理人として生きる決心をした。

刀は人を殺《あや》める。

包丁はたとえ生《しょう》のものを殺めたとしても、料理に生まれ変わらせることができる。

その料理が人の心をほっこりさせ、体の養いに変わる。

同じ刃物でも、これだけ違う。時吉は刀ではなく、包丁を選んだ。

こうしてのどか屋を開いたあとも、ありがたいことに、かつての仲間は折にふれて足を運んでくれた。義理で来てくれているのではないことは、料理を食したあとの表情で分かる。

「うまいなあ」

「江戸でしか食えん料理や」

「大きな声では言えんが、わが藩の宿直《とのい》の弁当はいまいちでのう」

「やっぱりのどか屋がいちばんじゃ」

勤番の武士たちは、時吉がつくった料理を喜んで口に運んでくれた。

だが、今晩は少し雰囲気が違った。座敷の隅で呑んでいる二人の姿には、何がなしにいつもとは違う陰《かげ》があるように感じられた。

「お待ちどおさまでございます」

ぐずり出した千吉を二階で寝かせてきたおちよが、二人の武家に好物を出した。

「お、いつものやつだな」

「これならいくらでも胃の腑に入る」

「はい、三河島菜《みかわしまな》と油揚げの煮浸しでございます」

広めの黒い鉢に盛ったものを、おちよは客に差し出した。

三河島村の名産の菜っ葉を、まず周到に切り分ける。やわらかい葉先のところと、白い筋の多い根元のかためのところ、二つに切り分け、食べよい大きさに切りそろえる。

油揚げは熱い湯をかけて油を抜き、短冊なりに切っておく。だしに醤油と味醂を加えて味を調え、まず油揚げを煮る。

もう一つの鍋に胡麻油を敷き、三河島菜のかためのところを香ばしく炒める。火が通ったところで、油揚げを汁ごと加える。さらに葉先のやわらかいところをすべて投じ、しんなりとするまで煮る。

仕上げは削り節だ。惜しまず投じてなじませてから、深めの鉢に盛る。

ずいぶんとかさが減った三河島菜をもりもり食べることができるから、体にもいい。身も心も、芯《しん》からほかほかとあたたまる料理だ。

「うん、うまい」

「いくらでも入るな」

続いて出した筍の田舎煮も好評だった。

「これが江戸の味や」

「こういう料理を食せば、殿もさぞやお喜びになられるであろう」

「喜ばれるだけやない。身の養いにもなるに違いない」

原川と国枝の話は、時吉の耳にも届いた。

座敷に向かい、声を低くしてたずねる。

「殿のおかげんがお悪いのでしょうか」

原川がうなずいた。

「あまり芳《かんば》しくなくてのう。国元で療養されているのだが」

「それで、江戸の味をずいぶんと恋しがっておられるらしい」

国枝が言った。

「そうでしたか」

何とも言えない表情で、時吉は言った。

大和梨川藩主は蒲柳《ほりゅう》の質《しつ》で、藩政は人任せにすることがもっぱらだった。そのせいで一時《いっとき》は悪《あ》しき一味が権勢を握ることとなったのだが、藩主は素直に反省し、その後はよく監視の目を光らせていると聞いた。

また、磯貝徳右衛門が市井の料理人に転じたことを惜しみこそすれ、とがめだてることはなかった。時吉はいまだにそれを徳としていた。自ら先頭に立って藩政に当たることはないが、英明な藩主として敬う気持ちも強かった。その藩主が病で療養しているという。一刻も早い回復を祈らずにはいられなかった。

「まあ、向こうにも医者はいる。とりあえずは任せておくしかないがな」

「とりあえずは、な」

二人の勤番の武士は互いに顔を見合わせた。

「その話はひとまずおいといて……生《しょう》のものも食べてみたいな」

「何か魚は？」

「細魚《さより》の寿司などはいかがでしょう」

料理人の顔に戻って、時吉は言った。

「ええな」

「頼むわ」

二人はすぐさま乗ってきた。

「こちらも」

「それは食わないとね」

一枚板の席からも手が挙がったとき、のれんが開いて新たな客が入ってきた。

恐る恐るのれんを分けて入ってきたのは、いままでに見たことのない男だった。

四

「どうぞあちらへ」

どこへ座ろうか、目を泳がせていた若い男に向かって、おちよは身ぶりを添えて声をかけた。

一枚板の席には常連が陣取っている。小上がりの座敷の端にいるのは二人の武家だ。昼に急いで飯をかきこむのなら土間の茣蓙《ござ》の上でもいいが、腰を落ち着けるのなら武家と離れた座敷しかなかった。

いくぶんかたい動きで、男は腰を下ろした。

「御酒はいかがいたしましょう」

おちよが問う。

「い、いや……茶で」

「承知しました。ほかにご注文は。いま細魚のお寿司をつくっていますし、筍の田舎煮などもございます」

「はあ……なら、それで」

男は落ち着かないそぶりで厨のほうを見た。

そして、時吉の顔を見て、少し驚いたような表情を浮かべた。

時吉もそれに気づいた。なぜ男がびっくりしたように自分を見たのか、そのわけも分かった。

男のこめかみからほおにかけて、やけどの跡があったからだ。

もちろん、時吉のように自ら焼いたわけではないだろう。べつのいきさつがあったに違いない。

時吉のやけどの跡は、妙な言い方だがすっかり顔になじんだ。かえって男前がきりっとしまって引き立つと、世辞もあるのだろうが客から言われることもある。まるで火事場へ人を助けに入ったときのやけどみたいだ、というわけだ。

実際、大火に巻きこまれたとき、子供の命を救った際にやけどを負ったこともある。ただし、そのときに手ひどくやられたのは、顔ではなく背中だった。いまでも陽気の変わり目などに、ときどき思い出したように痛むことがある。

時吉は寿司づくりにかかった。

今日はいい細魚が入った。背は銀青で、腹は銀白。線をすーっと引っ張ったような姿形が美しい。

淡泊だがよく締まった身もおいしいが、目でも楽しめる魚だ。そこで、そのままおろして酢じめにした。

さらに、卯の花でつくった寿司を巻きこむ。巻き簀《す》を使って棒寿司の按配で巻いて切ると、細魚と卯の花寿司の筋目がきれいに浮かぶ。

彩りに杵生姜《きねしょうが》や青菜を控えめにのせてやれば、思わずため息が漏れるような一皿になる。

「お待ちどおさまでございます」

細魚の卯の花寿司の皿は、次々に運ばれていった。一枚板の席の客には、時吉が自ら供する。

「ほう、こりゃまた画《え》を見ているみたいだね」

「きっと味もいいですよ」

隠居と家主が言う。

「嚙み味の違いが、えも言われんなあ」

「さっぱりしててうまい。口あたりも絶妙じゃのう」

二人の勤番の武士もうなった。

新参の客も、味わうように食していた。何度も嚙み、うなずきながら胃の腑へ落としていく。

「いかがです？」

おちよが首尾を問うと、客は短く、

「うまいです」

と答えた。

「あんた、このあたりでうまい料理屋はどこかと湯屋でたずねたお人かい？」

「い、いや……はい、まあ」

図星だった。

はっきりしない返事だったが、若い男はそう認めた。

「江戸のうまいものを食べ歩いていなさるのかい」

今度は隠居が問うた。

「ええ……いろいろと人の評判を聞きまして」

「ありがたく存じます。なら、こちらの田舎煮も」

おちよが如才なく田舎煮を差し出した。

「細魚のお寿司のような目に美しく凝ったものもお出ししますけど、こちらのほうがのどか屋らしいお料理かもしれません」

「ただの煮物なんだが、この見世の料理は、心にも体にもやさしいんだね」

季川が言い添える。

「人が味に出るんだよ。いままで苦労をしてきた人生の味が出る」

人情家主も言った。

その話を聞いて、男は妙にしみじみとした顔つきになった。

そして、筍の田舎煮を口元に運んだ。

さくっ、と嚙む。

筍の味を殺さぬようにほどよく加えられた味が、少し遅れて口中《こうちゅう》に広がる。

のどか屋ののれんをくぐって、初めて男は笑みを浮かべた。

それから、感慨をこめて言った。

「……うまい」

第二章　夫婦煮《めおとに》と市松和《いちまつあ》え

一

その翌日も、例の男は現れた。

ただし、ゆっくりと腰を落ち着けられる頃合いではなかった。男がやってきたのは、昼の書き入れ時だった。

のどか屋が三河町にあったころは、昼だけ働くお運びの娘を雇っていたときもあった。岩本町の見世は二階に客が入れないから、夫婦だけで切り盛りしているが、どっと客が押し寄せると、それこそ邪魔ばかりしている三匹の猫の手も借りたいほどの忙しさになってしまう。

どっと来る客がてんでに注文をしてもさばききれないから、昼はあらかじめ、飯はこれ、汁はこれと日変わりで決めてある。客によって違うのがせいぜい盛りの大小というふうにしておけば、顔を見るなりどんどん出していける。

書き入れ時には酒も出さない。だから、隠居の季川などが昼酒を呑むときは、決まって時をずらしてくる。

今日の飯は春らしい筍《たけのこ》ご飯、汁は筍に合う若芽《わかめ》の澄まし汁だ。のどか屋の春といえば、まずこれを思い浮かべる客もいるほどの定番だった。

筍ご飯といっても、具は筍ばかりではない。食べよい大きさに乱切りにした筍の味を引き立てる名脇役がいた。

油揚げだ。

湯をかけて油抜きをした揚げをそのまま切って入れる見世もあるが、のどか屋ではもうひと手間をかけていた。このひと手間が味の分かれ目になることもある。

油揚げを開き、木のへらの先で白いところをこそげ落としていく。手間はかかるが、ここをていねいに落としてやると、仕上がりがずいぶんと違う。

次に大事なのは、火かげんだ。初めは強火だが、勢いよく湯気が立ってきたら弱めてやる。

仕上がりは、音で分かる。このかげんがなかなかに難しい。

釜に耳を近づけると、ぴちぴち、ぴちぴちと筍ご飯がささやきだすのだ。

（うまいぞ。

おこげができて、たまらない味になってきたぞ）

釜の中から、そうささやく声が聞こえたなら炊きあがりだ。

火から下ろし、しばらく蒸《む》らしてから杓文字《しゃもじ》で上下をひっくり返していく。刻んだ木の芽を最後にふんだんに散らせば、のどか屋自慢の筍ご飯のできあがりだ。

蒸らす手間も頭に入れてつくらなければならないし、汁もある。出すものを絞っていても、忙しいことに変わりはなかった。

「はい、三人前」

「あいよ」

「汁はただいま」

おちよと掛け合いながら、時吉はせわしなく手を動かしていた。

「うめえな、汁も」

「若芽がぷりぷりしてて、いい煮えかげんだな」

「煮物も筍と若芽を合わせたりするけど、ありゃあ何かの決まりなのかい？」

客の一人がたずねた。

昼でももちろん檜の一枚板の席を使う。空けばすぐだれかが座る人気の席だ。

「筍と若芽を合わせると、体にいいんですよ」

時吉は次の筍を刻みながら答えた。

ただ料理をつくるだけではいけない。なかにはあるじやおかみとの会話も楽しみにきている客もいる。何か問われたらすぐさま答えながら包丁を動かしていく。

「へえ。そりゃ何かお墨付きでもあるのかい」

「薬膳《やくぜん》の師匠から教わりました」

「薬膳ってのは、体の養いになる料理のことだね」

「そのとおりで。お忙しいのでこのところはあまりお見えになりませんが、皆川町《みながわちょう》に青葉清斎《あおばせいさい》先生という名医がおられます。その方から教わったんです。苦みのある筍に、若芽の鹹味《かんみ》、つまり塩辛さを合わせると、ともにうまい具合に溶け合って身の養いになると」

「なるほどねえ。そりゃ夫婦みたいなもんだな」

「がみがみ言うかかあが筍で、脇でしおらしくしてる若芽が亭主か」

客が大きな声でそう言ったから、のどか屋にどっと笑いがわいた。

そのとき、また客が入ってきた。

「いらっしゃいまし。そちらでよろしければ」

おちよはいくぶん背を丸めて土間の空いたところを指さした。

千吉が育ってくれるのはありがたいが、ずっと立ちっぱなしで背に負うていると大儀だし、肩が凝ってつらい。このところは、厨がさほど忙しくないときは時吉が代わりに背負ってやることもあった。猫が三匹もいるせいか、あるじもおかみもそのうち猫背になってしまうんじゃないか――隠居がそんな戯《ざ》れ言《ごと》を飛ばしたほどだ。

入ってきた客は、軽く頭を下げて茣蓙の空いたところに腰を下ろした。

ゆうべの男だった。

岩本町のうまい料理屋を湯屋でたずねて、わざわざのどか屋に足を運んでくれたあの男が、翌《あく》る日にまたのれんをくぐった。

「連日のお運び、ありがたく存じます」

おちよは如才なく言って、盆にのせた筍ご飯と若芽汁を渡した。

「ああ……い、いえ」

顔を憶えられていないと思ったのか、男は急にうろたえたような顔つきになった。

だが、筍ご飯を口に運ぶと、男の表情が変わった。

それまでこわばっていたものが、ほっ、とほぐれたかのようだった。食べてみれば分かる。米の炊きかげんからくどくない味つけまで、すべてがほっとするのがのどか屋の料理だ。

「おまえさん、あの人、また顔を出してくれたよ」

厨に入ったおちよは、声をひそめて告げた。

「そうかい。ありがたいね」

時吉はちらりと見てから答えた。

まわりの様子をうかがいながら、男はひと口ずつ味わうように筍ご飯を食していた。

さらに、汁を啜る。

「ああ……」

思わずため息がもれた。

何も特別なことはしていないのに、うまい。

ややあって、飯と汁を平らげた男は、おちよにていねいに頭を下げてから銭を渡し、のどか屋から満足げに出ていった。

二

師匠の長吉《ちょうきち》の見世には中休みがあるが、のどか屋は通しでやっている。遅い昼飯にありつこうとする客もいれば、隠居のように早々と一献傾ける者もいる。そういった客をさばきながら、仕込みも行う。なかなか千吉と遊ぶ間も取れないほどの忙しさだった。

今日はまず隠居が現れ、少し遅れて萬屋《よろずや》の子之吉《ねのきち》が顔を出した。岩本町で実直な質屋を営んでいる男だ。口数は多くないが、背筋の伸びた美しい姿で、きれいに箸を動かしてほどよく呑んで帰っていく。以前は休みの日だけたまに来ていたのだが、息子がひとかどのあきない人《びと》の顔になってきたので、こうして心安んじて油を売りにこられる、と前に目を細めて語っていた。

「そうやってまな板をよく洗うのも料理のうちだね」

季川が時吉に声をかけた。

「ええ。ですが、これはまな板じゃないんです」

「えっ、まな板にしか見えないがねえ、萬屋さん」

「わたしの目にも、まな板にしか見えませんが」

　子之吉が軽く首をかしげた。

「こちらは野菜を切る粗菜板《そないた》なんです。まな板のまなは真魚《まな》と書きます。つまり、臭いの強い生《しょう》のものを切る板と、野菜を切る板を使い分けているんです」

　時吉はそう説明した。

「なるほどねえ。いくら長生きしたって、まだまだ知らないことはあるもんだ」

　隠居の白くなった眉がぴくりと動く。

「臭い移りがしないように、板を分けているんですね」

　と、子之吉。

「そのとおりです。使い分けなければならないのは包丁ばかりじゃないので、なかなか気を遣います」

「包丁もずいぶんあるからね。研ぐだけで大変だ」

　隠居は厨の一角を指さした。

　大小の出刃、薄刃、柳刃、それに、小物を刻む小ぶりの包丁、逆に、茹でた蛸《たこ》を切るための長包丁などが、所狭しと並んでいた。

「大変は大変ですが、一日を終えてきちんと包丁を研ぎ終えたときは、明日もまた精を出してやろうという、清々《すがすが》しい気持ちになれます」

「なるほど、儀式のようなものだね。では、その包丁を使って、うまいものをどんどんつくっておくれ」

隠居が温顔をほころばせた。

「承知しました」

時吉も笑って料理にとりかかった。

まずは、はまちの引きづくりだ。

厚めに引いたはまちを土佐醬油でいただく。味醂と醬油と鰹節を煮立てて冷ませば、風味豊かな土佐醬油ができる。

手前に山葵《わさび》、向こうにせん切りの大根。はまちの背には大葉《おおば》を敷いて、さりげなく春の山に見立てた一品だ。

「これはもう、笑うしかないね。おいしいよ」

隠居が相好《そうごう》を崩した。

「山に見立てた盛り方もいいですね。脂が乗っていて、口福《こうふく》です」

子之吉も満足げに言った。

そのとき、ふっとのれんが開き、客が姿を現した。

「いらっ……しゃいまし」

おちよは妙な顔つきになった。

それもそのはず、あの男がまた入ってきたのだ。

例の若い男だ。

忘れ物かと思ったが、そうではなかった。

「ようございましょうか」

いくぶん腰をかがめて言う。

「おや、ゆうべも来なすった人だね」

季川が声をかけた。

「今日の昼も食べにきてくださったんですよ」

おちよが言うと、顔にやけどのある男の顔がぽっと赤く染まった。

「昼って、まだ日が高いよ。まあ、ここへ座りなさい」

隠居が一枚板の席を手で示した。

「はあ……」

男の顔にとまどいの色が浮かんだ。

「座敷にぽつんと座っていてもしょうがないよ。遠慮しないでお座りなさい」

重ねて勧められた男は、いくぶんかたい表情で腰を下ろした。

「よっぽどのどか屋の料理が気に入ったのかい」

「はい……それで、また」

「ありがたく存じます」

時吉は厨から頭を下げた。

まずはまちの引きづくりを出すと、男はよく味わいながら食した。

「どうだい？」

子之吉が短く問う。

「うまい、です」

何とも言えない息を一つ入れて、男は答えた。

「おまえさん、名前は？」

温顔の隠居がたずねた。

「吉太郎《きちたろう》、と」

「吉太郎さんか。いい響きの名だね」

「ありがたく存じます」

「わたしは大橋季川。見てのとおりの暇な隠居だ。こちらは萬屋の子之吉さん」

「よろしく」

口数の少ない男が短く言った。

「よろしくお願いします」

と、吉太郎が頭を下げたとき、千吉がまた泣きだした。

「おお、よしよし。いまのところ座敷が暇だから、おんもに出て遊ぼうかね。お姉ちゃんとお兄ちゃんもいるから」

おちよはそう言って、まだつかまり立ちもできない千吉をだっこして見世の外へ出ていった。

お姉ちゃんとお兄ちゃんというのは、猫たちのことだ。今日みたいないい日和《ひより》のときは、見世の表にしつらえてもらった酒樽の上の寝所で太平楽に寝ている。そのさまを見ているだけでのどかな気分になるから、「猫看板」と呼ぶ向きもあった。

「おっ、今日も猫看板が出てら」

「尻尾で返事したぜ」

「見てるだけで、なごむなあ」

という按配で、のれんをくぐらずに猫だけ見にくる者もいた。

次に時吉が出したのは、厚揚げと焼き豆腐の夫婦煮《めおとに》だった。

岩本町からは遠くなってしまったが、相模屋《さがみや》という縁のある豆腐屋がある。こちらのほうへ大口のあきないがあるときは必ず顔を出してくれるから、これ幸いと仕入れをするのが常だった。

その相模屋自慢の焼き豆腐と厚揚げを、同じ鍋で煮る。焼き豆腐と厚揚げは夫婦みたいなものだし、同じ按配に四角く切って煮るところからもその名がついた。

この煮物には、夫婦の絆とも言うべきものが入っている。

削り節だ。

ほどよく煮えたものを鉢によそい、煮汁を張る。そして、削り節をふんだんにかけて食す。

「はい、お待ち」

まだ削り節がわずかに踊っているあつあつの夫婦煮を出す。

「子はかすがいと言うけれど、これは削り節が代わりをつとめてるね」

食すなり、季川が言った。

「煮汁もいい味ですよ、ご隠居」

と、子之吉。

「厚揚げと焼き豆腐を炊き合わせたら、こんなにおいしいんだねえ。……どうだい、吉太郎さん」

隣に座った男に、隠居は声をかけた。

「焼いた厚揚げに削り節をのせて、醬油をかけて食べたことはいままでになんべんもありますが……」

「ああ、あれもうまいね。おろし生姜《しょうが》をちょいと添えたりしたら」

「ええ。ですが、これは思いつきもしませんでした。……おいしいです」

いくらかうるんだ目で、吉太郎は時吉を見た。

……坊やの姉さん、十三で
……お嫁に行って、それっきり

表のほうから手毬唄《てまりうた》が聞こえてくる。よく聞けば哀しい文句なのだが、おちよが千吉をあやすために唄うと明るく響く。

時吉は次の肴を出した。

新生姜と枝豆の金平《きんぴら》だ。

新生姜は皮つきのまま、薄く輪切りにしていく。枝豆は茹で上がったら豆だけ取り出し、薄皮を剝いておく。こうすると、舌ざわりが違う。

続いて新生姜を油で炒め、火が通ったら酒、薄口醬油、味醂を投じる。あまり煮過ぎてはいけない。いい頃合いで枝豆を投じ、まだ残っている汁気をからめればできあがりだ。

「これはまたさわやかだね」

隠居がそう言って、猪口に手を伸ばした。

すかさず質屋が注ぐ。

「吉太郎さんは呑まないのかい？」

「はあ、呑めないわけでは……」

「なら、近づきのしるしに、わたしが一本おごってあげよう。昼から一人だけ猪口を傾けてるのは、ちょいと据わりの悪い心地がしないでもないのでね」

「相済みません。では、お言葉に甘えさせていただきます」

いくらか慣れてきたのか、吉太郎のかたさはだんだんにほぐれてきた。

「いらっしゃいまし。どうもご無沙汰でございました。どうぞ、お座敷が空いておりますので」

ややあって、おちよの声が響いた。

「こちらこそ、無沙汰で」

「入らせてもらいやす」

どやどやと入ってきたのは、火消し衆だった。よ組だから、岩本町は縄張りから外れているのだが、昔の縁でたまに顔を出してくれる。

「いらっしゃいまし」

時吉は声をかけた。

「今日は新入りの顔つなぎでな」

よ組のかしらの竹一《たけいち》が言った。

「お祝いごとですね？」

「祝いごとって言うほど改まったものじゃねえんだ」

「新入りに機嫌よく呑み食いしてもらおうと思いましてな」

そう言ったのは梅次《うめじ》。兄の跡を継いで、纏《まとい》持ちになっている。所帯を持ってすぐに子ができたらしく、男前がいちだんと締まっていた。

「承知しました。では、腕によりをかけてつくらせていただきます」

「おう、ありがとよ」

「よしなに」

火消し衆は座敷に上がり、ゆるく輪を描くようにして座った。

筍ご飯と若芽の椀がまだ残っていたからおおわらわで運び、夫婦煮を追加する。たちまち大忙しになった。

千吉の世話まで手が回らないから、火消し衆にあやしてもらった。気のいい客たちにあやされるのに慣れたのか、千吉はこのところ人見知りをしなくなった。

そうこうしているうちに子之吉が腰を上げ、息子が留守番をしている質屋に戻っていった。入れ替わりに、家主の源兵衛が店子の富八《とみはち》を連れてやってきた。富八は野菜の棒手振り《ぼてふ》で、のどか屋に穫れたてのものを運んでくれている。一枚板の席はそれで埋まった。

火消しの新入りはまだおぼこい顔で、いかにも頼りなさそうだが、これからだんだんに火消しらしくなっていくだろう。その門出を祝うために、時吉は厨に入っているものを使って験《げん》の良さそうな料理をつくった。

まずは筍を用い、烏賊《いか》と市松和《いちまつあ》えにした。

どちらも賽子《さいころ》の形に切る。筍はだし、醬油、味醂で普通に煮て、味をなじませてから冷ましておく。

烏賊は格子になるように細かく切れ目を入れてから切る。手際のいい包丁さばきの見せどころだ。こういう細工《さいく》仕事は料理人の娘のおちよのほうが得手《えて》なのだが、時吉も経験を重ねてずいぶんさまになってきた。現に、じっくり見ていた吉太郎がため息をもらしたほどだった。

それから酒と塩を入れ、しばらく調子よく炒ってから笊にあげる。下ごしらえはこまでだ。

和え衣は木の芽を擂《す》り、白味噌と味醂を合わせてつくる。筍と烏賊をよく合わせたら、青みがかかった薄茶と白の賽子が市松模様に見えるように盛る。

むやみに時をかけててていねいにこしらえなくてもいい。なるほど、市松模様に見立てているのか、と客に分かればいい。

火消し衆にとっては、赤い火は大敵だ。男っぷりの見せ場でもあるけれども、火が出ないことに越したことはない。時吉とおちよも焼け出されて難儀をしたことがある。大火になれば、多くの人が命を落とし、後に残された者が嘆き悲しむ。

そこで、新入りの火消しには赤いものを出さず、白と薄茶と青みの市松和えにした。その心が通じたのかどうか、まだそこはかとなくわらべの面影をとどめた火消しは

「ありがたく存じます」と時吉に向かって礼を言ってくれた。

「これもうまいねえ」

隠居がうなった。

「烏賊も筍も、味がいい感じにしみてますな」

源兵衛も和す。

「一緒に食うと、嚙み味が違ってうまいですね」

と、富八。

「どうだい、吉太郎さん」

隠居が声をかけると、若者は口の中のものを胃の腑《ふ》に落としてから答えた。

「おいらも、こういう料理をつくってみたいです」

「てことは、心得があるのかい？」

「え、ええ、まあ……」

吉太郎はにわかにうろたえた。

「なら、どこぞかの見世で包丁を握ってたとか？」

家主が問うたが、何かまだ心にふっきれないものでもあるのか、吉太郎ははかばかしい返事をしなかった。

時吉の験《げん》かつぎの料理はなかなかに好評だった。ことに、白と青みの色合いがいいと言う。

そこで、同じ按配でべつのものをつくることにした。

次に供したのは、もやしと三つ葉の胡麻和えだった。三つ葉は軸のところだけを使い、色よくさっと茹でて冷ます。もやしも頭と根を取ってから茹でるが、茹ですぎてはいけない。嚙んだときに、しゃきっという感じが残るような按配でなければならない。

もやしと三つ葉は八方だしに浸けて下味をつける。できれば一時《いっとき》ほど浸けておきたいところだが、急ぎの客のときはやむをえない。ほどほどのところで出して、三つ葉の軸を食べよい長さに切る。

炒って風味を出した胡麻は半擂りにする。どのかげんの擂り方にするか、料理によって変えていくのも腕の見せどころだ。半擂りならさっぱりといただけるし、よく擂ればこくが出る。

胡麻に合わせるのは醬油と味醂。最後に粉山椒で風味をつけて、丘のような風情《ふぜい》で器に盛る。

「これも、進むね」

隠居が猪口を上げた。

「軸だけの三つ葉ってのも、小粋なものですな」

と、源兵衛。

「葉っぱのほうはどうするんです？」

いくらか身を乗り出して、吉太郎がたずねた。

「いま吸い物をつくってるので」

時吉は笑って答えた。

座敷のほうでは、火消し衆の酒が回ってきた。

纏《まとい》に見立てて差し上げられたりした千吉は、とうとう泣きだした。おちよはおかみの顔で応対していたが、内心は気が気ではなかったようで、いい呼吸《いき》で手を出してわが子を受け取り、代わりにひょいと猫を差し出した。

「この纏は縁起物ですから」

と、大火の中を生き延びてきたのどかを渡す。

「おう、おとなしいな」

かしらの竹一が猫をかざした。

「猫にもよります。牡《おす》のやまとは嫌がるんですけど、のどかとちのはきょとんとしてますよ」

「おれが三味線屋だったらどうする？」

よ組のかしらが言うと、のどかは心細そうな声で「みゃあ」とないた。どっと笑いがわき、のどか屋に和気が満ちる。

そうこうしているうちに、吸い物ができた。

白魚と萱草《かやくさ》の白味噌汁。これも白と青みが響き合った一椀だ。

白魚は洗ってから笊《ざる》ですくい、そのまま塩茹でをする。初めは透き通っていた頼りなさそうな小魚は、凛《りん》とした白い輝きを放つようになる。新入りの火消しもそうなるようにと、時吉は白魚に願いをこめた。

白魚を白味噌汁の具にするだけでは、味はともかく、景色は白いままだ。そこで、さっと茹でた萱草の青いところを巧みにあしらって、白緑《びゃくろく》仕立てにする。吸い口に芥子《からし》を溶いて入れれば、黄色も加わってさらに絵になる。

「草陰を白魚がすいすい泳いでるように見えるね」

微醺《びくん》を帯びた隠居が言う。

「ほんとですね。のどか屋の料理は、見て良し、食べて良し、だ」

「青みがまた、何とも言えないです」

家主と店子がうなった。

吉太郎は味噌汁を啜ってから、白魚を箸でつまんで口中に投じた。

「いかがです?」

おちよが問う。

「上品な……いい味です。心にしみていくような味です」

吉太郎はそう言って、何度か目をしばたたかせた。

「よかったね、千吉。おまえのおとっつぁんのお料理は評判だよ」

母にそう言われた赤子は、通じたわけではあるまいが、はっきりしない声を発して笑った。

よ組の火消し衆はほかにも挨拶に回るらしく、存外に早く腰を上げた。

「毎度ありがたく存じます」

「またのお越しを」

時吉とおちよが火消し衆を見送ると、のどか屋に凪《なぎ》のようなときが来た。

おちよは座敷の鉢などの片付け、時吉は次の料理の仕込み、それぞれに手を動かしはじめる。

吉太郎は時吉の手元をじっと見ていた。そのまなざしに気づいて、隠居が言う。

「やっぱり、違うね。おまえさんも料理人だろう?」

どうやら図星だったらしい。吉太郎はにわかにうろたえた顔つきになった。

「のどか屋の料理を盗むつもりできたのかい？」

いくらか強い調子で源兵衛が問うと、吉太郎はあわてて首を横に振った。

そして、すっと一枚板の席から立ち上がった。

思惑を見破られたから、お代も払わずに一目散に逃げ出す――そんな動きに見えなくもなかった。

だが、違った。

厨に立つ時吉と目が合った。

「のどか屋さん……」

思いのこもった声で告げると、吉太郎はやにわに土間に両ひざをついた。

「おいらを、弟子にしてください！」

思い切ったように告げた吉太郎は、その場に平伏した。

「お願いします」

顔を上げずに、吉太郎はさらに言った。

あまりにもだしぬけだったから、みなぽかんとしていた。

「おまえさん」

おちよに声をかけられた時吉は、あわてて手を拭くと、厨から出た。

「手を上げて。そんなことはしなくていいよ」

時吉が声をかけると、吉太郎はようやく顔を上げた。思い詰めた顔つきだった。

「すると、弟子に……」

「まずは話を聞いてからだ」

「そうだね。まだ日も出ている。ゆっくりわけを聞かせてもらおうじゃないか」

隠居が穏やかに言った。

「さ、お席に戻ってください。いまお客さんが入ってきたら、いったい何事かと思ってしまいますから」

おちよが促すと、吉太郎ははっとしたように立ち上がった。

そして、だれにともなく頭を下げた。

三

「お察しのとおり、おいらは料理人のせがれです」

吉太郎は言った。

「その手で包丁を握ってたんだね」

季川が問うたが、若者は首を横に振った。

「おとっつぁんはそうしたかったみたいなんですが、なんやかやと口実をつけて、包丁を握ろうとはしませんでした」

「すると、料理の心得はないのかい」

源兵衛が意外そうに言う。

「いえ、一応のところはおとっつぁんから手ほどきを受けてあるので、素人さんよりは使えます。ですが、のどか屋さんみたいな本職の前に出たら、数のうちにも入らないような腕です」

「わたしだって、昔はそうだったからね」

包丁を動かしながら、時吉が言った。

「元はお武家さまだからねえ」

と、隠居。

「師匠だってそうじゃないですか」

おちよがすかさず突っこむ。

「はて、そうだったかな。歳をとりすぎて忘れてしもうた」

隠居は笑ってごまかした。

時吉が次に供したのは、空豆と油揚げの胡麻和えだった。

皮を剝いて二つ割りにした空豆を、按配のいい固さにまで茹でておく。油揚げはぱりっと焦げ目がつくまで焼いて切る。

和え衣は白胡麻に醬油と味醂だ。これはねっとりするまで擂ったほうがこくが出てうまい。

「うまく取り合わせるもんだねえ」

「なるほど、空豆と油揚げですか」

「これまた嚙み味の妙ですね」

常連たちがうなる。

弟子入りを志願した吉太郎も、ひとしきり嚙みしめながら食していた。

「こういう小料理でいいのかい？」

時吉はたずねた。

「わたしがむかし差していた刀と同じで、料理にも大小がある。華やかな皿に盛り、大向こうをうならせる大料理があれば、地味な小鉢に盛って『どうぞ』と下からお出しする小料理もある。うちは小料理しか教えられないが、それでもいいかい？」

「はい」

吉太郎はすぐさま答えた。

「うちでも……おとっつぁんとおっかさんも、こういう料理を出してました。のどか屋さんの料理を食べると、なんだか懐かしくて涙が出てきます」

「お見世はどうなったの？」

おねむになった千吉をゆすって寝かしつけながら、おちよが声を落として問うた。

「いまは……ありません」

吉太郎はつらそうな顔で答えた。

「どうなすったんだい？」

隠居が助け舟を出すようにたずねると、吉太郎はゆっくりと手を挙げ、顔のやけどの跡を指さした。

そして、こう告げた。

「今年の正月に……焼けてしまいました」

しばらく見世の中が静まった。話がわからない猫だけがばたばたと動く。

「そうすると、葺屋町《ふきやちょう》から出た例の火事でやられたのかい」

ややあって、人情家主が口を開いた。

「はい。見世は芳町の裏通りにありましたので」

吉太郎は目を伏せた。

「おとっつぁんとおっかさんは、どうなすったんで？」

富八が問うた。

吉太郎は力なく首を横に振った。

「助けられなかったか」

時吉は手を止めて言った。

「見世が燃えてるのを見て、助けようとしたんですが、火の勢いが強くて、あれ以上近づけませんでした」

吉太郎は顔のやけどを指さした。

「ということは、吉太郎さんは外にいなすったんだね？」

季川がいち早く察して問うた。

「はい……見世には、おりませんでした。もしその場にいたら、おとっつぁんとおっかさんを助けられたかもしれないと思うと、何かこう、心の臓をぎゅっとつかまれたような心持ちになります」

「あんまりわが身を責めちゃいけないよ。こりゃあ巡り合わせで、仕方がないことだったんだから」

源兵衛がなだめたが、吉太郎は首を横に振るばかりだった。

「見世の用達《ようたし》のために出かけていて、火が出たときに戻れなかったのなら、たぶんこんな心持ちにはならなかったと思います」

「と言うと?」

おちよが短くたずねた。

「火が出たとき、おいらは……」

吉太郎はしばらく言いよどんでいたが、やおら思い切ったように告げた。

「賭場《とば》にいたんです」

予期せぬ言葉だった。

見たところ吉太郎はまじめそうで、博打《ばくち》に興じるような若者とは思えない。

「どこの賭場だい」

富八がたずねた。

「深川の船宿でやってる賭場に、幼なじみに誘われて……」

吉太郎は半ば泣き顔で答えた。

「川向こうの賭場なんて、行くもんじゃないぞ。初めだけ甘い顔を見せといて、いいようにむしりやがる」

「おまえもむしられた口だからな」

家主が言った。

「へえ、その節は」

富八が頭を下げた。

この男も賭場に出入りして借財を負ったのだが、深みにはまる前にどうにか抜け出した。借財はたいしたことがなかったから人情家主の源兵衛が肩代わりをし、ついでに棒手振りの仕事も探してきた。富八にとってみれば、家主は命の恩人だった。

「ほんとに、そのとおりでした。できることなら、賭場へ行ったあのときからやり直したいと、何度も思いました」

「初めは目が出ただろう？」

富八が訊く。

「はい……おいらは、世の中を知りませんでした」

「もうけたお金はどうしたんだい。吉原にでも行ったかい」

隠居が温顔でたずねた。

「滅相もない」

吉太郎はあわてて首を横に振った。

「おいらなりに、銭を貯めて、やってみたいことがあったんです」

「どういうことだい？」

「おとっつぁんとおっかさんは、小さな見世でいいと常日頃から言ってました。食べてさえいければ、見世を大きくすることはない、と」

「うちと同じね、おまえさん」

おちよが言った。

「そうだな」

感慨を含む声で、時吉は答えた。

もしまだ吉太郎の両親の見世があるのなら、休みの日にのれんをくぐって舌の修業をしたいところだが、もう焼けてしまった。同じように見世を焼かれたことがある時吉は何とも言えない思いだった。

「おや、寝ちまったかい」

源兵衛が千吉を指さした。

「ずいぶん眠そうだったので。……じゃあ、寝かしてきます」

おちよはゆっくりと階段に向かった。

以前は調子よくとんとんと上っていたものだが、千吉を授かり、産んでからは、慎重に一段ずつ上るようになった。そんな細かいところでも、人は変わる。

「で、やってみたいことってのは何だったんだい？」

隠居が水を向けた。

「はい。おいらはもうちょっと大きな見世をやってみたかったんです。それで、腕の立つ料理人を雇って、お客さんがたくさん入るお見世にしたいと」

「おとっつぁんはどう言った？」

「おまえがちゃんと料理人の修業をすればいいだけじゃねえか、と冷たく言っただけでした」

吉太郎は苦笑いを浮かべた。

「おやじさんの気持ちも分からんでもないな」

と、源兵衛。

「言ってみりゃ、吉太郎さんの考えは、いきなり長屋の家主になろうとするようなもんだ。まずはひとかどの料理人になってから、そういうことを考えろ、と言いたい気持ちは分かる」

「おいらが馬鹿でした」

吉太郎は顔をしかめた。

「おとっつぁんの料簡が正しいことは、いまじゃよく分かります。それに、やるにしても、てめえで稼いだ金でやれってんだ。賭場で稼いで、その金を元に大きな見世をやろうってのは、話が通らねえ」

「そりゃそうだ」

富八がすかさず言った。

「人には分《ぶん》ってものがあらあな。おいらもそのあたりで料簡違いをしてたんで、いまはまじめに天秤棒をかついで、実直に世渡りをしてるぜ」

棒手振りの言葉に、吉太郎は大きくうなずいた。

おちよが二階から戻ってきた。ついでに猫たちもわらわらとついてくる。

「それで、見世が焼けてしまって、考えを改めたわけだね」

時吉がたずねた。

「おいらが賭場へ行ってるあいだに見世が焼けて、おとっつぁんとおっかさんが死んでしまった。これは……おいらのせいだと思いました。罰が当たったんです。おいらが賭場へなんぞ行ってたから、汗水たらさずに楽して金をもうけようとしてたから、うちの見世が焼けて、おとっつぁんも、おっかさんも……」

吉太郎は声を詰まらせた。

「そんなにわが身を責めちゃいけないよ。大火が出たのは、おまえさんのせいじゃない。ただの災いだ」

隠居がさとすように言った。

「うしろばっかり向いてても、しょうがないじゃないか。おまえさん、死んだおとっつぁんの跡を継いで、料理人になろうって決めたんだろう？」

家主が吉太郎の顔をじっと見る。

「はい……ついては」

吉太郎は再び立ち上がったかと思うと、やおらその場に両手をついた。

「どうか、おいらをのどか屋さんの弟子にしてください」

時吉はおちよの顔を見た。

女房がうなずく。

隠居も人情家主も、目で何事かを告げていた。

時吉は厨を出て、吉太郎の前でしゃがんだ。

そして、情のこもった声をかけた。

「よろしくな。おまえは、のどか屋の初めての弟子だ」

第三章　春野皿

一

「なら、一から修業するしかないな」

豆絞りの料理人が言った。

浅草の福井町《ふくいちょう》の長吉屋――。

時吉の師匠でおちよの父の長吉のもとでは、多くの料理人が修業をしている。吉太郎をわが弟子にすると言っても、子がまだ小さいし、住みこませる場所がない。そこで、ひとまず師匠の見世に預ければどうかとおちよと相談がまとまった。

「はい。洗い物などからやらせていただきます」

吉太郎が頭を下げた。いまはまだ客扱いで、一枚板の席に座らされているから、どことなく落ち着かない様子だ。

「それでもいいんだが、時吉の弟子だからな」

「そんな、遠慮をしなくてもいいのに、おとっつぁん」

千吉をだっこしたおちよが言った。

孫がよほどかわいいらしく、連れてこなかったりすると機嫌が悪くなる。ふだんはこわもての料理人だが、孫をあやしているときは目尻にたくさんしわが寄り、なんとも甘い顔つきになるのが常だった。

「遠慮はしてねえさ。ただ、包丁人のまねごとはしてたんだろう?」

「いえ、ちょっと手伝ってたくらいで、腕のうちに入りません」

吉太郎はそう言って少し目を伏せた。

「話を聞いててもしょうがねえな。若竹の椀をつくるから、こっちへ来て、筍を切ってみな」

長吉は厨へ入れと身ぶりで示した。

「えっ、わたしがですか?」

吉太郎は目をまるくした。

「そんな顔をするな。料理人になったら、お客さんの前に立たなきゃならねえ。そのための修業だ」

「は、はい……」

「たとえしくじっても、文句は言わないから」

「わたしら、お弟子さんの料理もたくさん味わってきたからね。気を楽にしておやんなさい」

一枚板の席に座った常連客が声をかける。ともに楽隠居とおぼしい好々爺《こうこうや》だ。

「さ、厨に入って、包丁を握ってみろ」

時吉にもうながされ、吉太郎はやっと腰を上げた。

「そんな調子じゃ、竹からかぐや姫が生まれちまうぞ」

長吉が戯れ言を飛ばした。

「いくらなんでも、そりゃ言い過ぎでしょう、おとっつぁん」

と、おちよ。

「言い過ぎなもんか。ただ輪切りにするだけで、そんなに手間をかけちゃいけねえ。どうあっても寸法を合わせなきゃならねえ細工仕事じゃねえんだから」

ややあきれたように、長吉は言った。

「相済みません」

吉太郎の顔にはいささか血の気が乏しかった。

「とんとんと調子よく動く包丁を見るのも、お客さんの楽しみのうちだ。まな板に当たる音の響きだってそうだ。三味線の代わりに、料理人は包丁で音を出してんだから」

「そんなむずかしい注文をしたって無理よ、おとっつぁん」

すかさずおちよが言う。

「ものの考え方を言ってんだ。そもそも、おまえさん、立ち姿がいけねえ。見えねえ化け猫でも背負ってるみてえじゃないか。それじゃ、包丁は調子よく動いてくれねえよ」

「はい……」

吉太郎は背筋を正したが、無駄に棒が入ったような按配で、包丁を動かしたら筍が急に斜めになった。

よろずにそんな調子で、見かねて時吉が手伝いに入ったほどだった。

「おっと、待ちな」

若竹椀がようやく仕上げに入ったとき、長吉が木の芽をそのまま盛ろうとした吉太郎を制した。

「そいつは何のために椀に入れるんだ？」

「筍と若芽に……青みで彩りを添えるためではないでしょうか」

吉太郎はややけげんそうに答えた。

「それじゃ、半ばしか当たってねえ。こうやるんだ」

長吉も見かねたらしく、形のいい木の芽をつまむと、手のひらにのせ、ぱんっ、といい音を立ててたたいてみせた。

「こうやると、木の芽が目を覚まして、いい香りを出してくれる。お客さんの目と鼻に春を伝えてくれる。憶えときな」

「はい」

吉太郎はまた恐縮したように頭を下げた。

やる気はあるのだが、見世を日頃から手伝っていなかった悲しさで、いっかな腕がついていっていなかった。

筍でももてあましていたくらいだから、魚はなおさらだった。いい鯛が入ったので、試みに五枚おろしをやらせてみたのだが、いかにも荷が重かった。

どうにか頭と尾は落としたが、腹を開いて血合いを除くところで吉太郎はずいぶんと手間取っていた。この調子では売り物になる刺し身にはならない。ここでも早々と待ったがかかった。

「ちょいと時がかかりそうだな」

長吉は口をへの字に結んだ。

「こんなことなら、もっとまじめに……」

「うしろを向いてても仕方がねえや。いくらかでも腕が上がるように、目でも見て憶えていきな」

吉太郎は何とも言えない顔つきでうなずいた。

「ちよ、平造りならおまえでもできるだろ。ちいと代わってくれ」

「千吉と遊びたいばっかりでしょう、おとっつぁんは」

図星を指された長吉は笑ってごまかした。

千吉を預けると、おちよは手早く白いたすきをかけわたし、一礼してから包丁を握った。料理人の娘で手ほどきも受けているから、鯛の刺し身くらいは手際よくつくれる。味付けなどは大ざっぱだと父からは言われているが、飾り包丁などはかえって時吉より巧いくらいだった。

「久々に見たけど、腕は落ちてないねえ」

「のどか屋でもやってるのかい」

客が声をかける。

「いえ、子供をあやしたりおしめを代えたりするのがつとめですから」

笑顔で受け答えをしながらも、包丁をきれいに引きながら、おちよは平造りをこしらえていった。

「旦那は脇かい？」

「ええ。このとおり、つまでして」

時吉は敷きづまの白髪大根を皿に盛った。

その上に紅白の身がめざましい鯛の平造りがのせられる。さらに、おろし山葵の青みと海苔の黒が造りの色合いを引き立てる。

「はい、お待ち」

「おお、いいね」

「これを食べれば、うちのせがれの夫婦仲までよくなりそうだ」

そう言って受け取った客たちは、鯛を口中に投じるとまた相好《そうごう》を崩した。

このように無駄な手間をかけずにうまさを伝える料理もあれば、小粋な技をかける一皿もある。そのあたりの呼吸を整えながら、流れを考えつつ料理を出していかなければならない。駆け出しの料理人が学ぶことはたんとあった。

厨の中で、吉太郎は所在なさげにしていた。その姿を見ていた長吉は、孫をあやす手を止めた。

時吉と目と目が合う。

長吉は軽くあごをしゃくった。

ちょいとつらを貸せ――師匠の顔がそう告げていた。

「ちよ、亭主を借りるぜ。つないどいてくれ」

長吉が言う。

「えっ、そんなこと言われても、おとっつぁん」

造りならともかく、ほかの料理は段取りを考えていない。どんな下ごしらえがされているかもわからない。

「なに、立ち話だけだ。すぐ終わる」

せっかちなところのある料理人が口早に言った。

「承知しました」

師匠の性分は分かっている。時吉は手をぬぐい、すぐ長吉のあとに続いた。

二

「あのままじゃ、駄目だな」

長吉は渋い顔で言った。

「脈がありませんでしょうか」

「いや、脈はあるさ。初めから『こいつぁ駄目だ』と匙《さじ》を投げることはねえ。どんなに頼りなさそうな弟子だって、長い時をかけて育てりゃ、いつかは実を結び、花が咲くもんだ」

「はい」

時吉はうなずいた。

「ただ、親不孝をした罪滅ぼしに、のれんをまた出して見世をやるまでには、ずいぶんと時がかかるだろうよ」

「たしかに、あの包丁の動きでは、お客さんがじれてしまうかもしれません」

「やっぱり、何か甘えがあるのかもしれねえな」

長吉は腕組みをした。

「賭場に足を踏み入れたりしていたわが身を悔いて、一から包丁の修業をしたいっていう心持ちに疑いはなかろうよ。それでも、心のどこかに甘えが残ってる」

「人に頼る、という甘えでしょうか」

「そうだ。あいつは金だけ出して、料理人を使って見世をやろうと考えていた。しかも、その金を賭場で稼ごうと思ってやがった。甘《あめ》え、甘え。金柑《きんかん》の砂糖漬けみてえに甘え話だ」

「その甘さが、まだ残っていると」

そう答えた時吉の脳裏に、あんみつ隠密の顔がふと浮かんだ。甘いものに目がない黒四組《くろよんぐみ》の組頭・安東満三郎《あんどうみつさぶろう》だ。

「残ってるな。のどか屋に日参して、おめえの料理が気に入って、弟子にしてくれと頼みこむ。そこまでは上出来だ」

「はい」

「しかし、弟子になったとはいえ、一人前になるまで、おれやおめえが手取り足取り教えてやるっていうことはねえ。もっと心を表に出して、おれは是が非でも一人前の料理人になってやるという気合を見せてくれねえとな」

「本日は初めて厨に入ったので、少し身が縮んでいるのではないかと」

時吉は弟子の肩を持ってみた。

「いや、このままじゃ、一年くらい経っても同じ調子だろうよ」

多くの弟子を見てきた長吉が言った。

「では、厨の掃除あたりからやらせましょうか」

「それも手ではあるな。しばらく包丁を握らせず、半端仕事ばかりやらせて一から鍛えていく。ただ……」

「ただ？」

時吉は先をうながした。

「吉太郎は若いと言ってもそれなりの歳じゃねえか。商家でいえば、手代に丁稚《でっち》からやれと言ってるようなもんだ」

「手代がつとまらないのなら、丁稚からやらせるしかないかと」

「それもそうだが、もう一つ手はあるぞ、時吉」

「どんな手でしょう？」

「ちょいと耳を貸せ」

長吉は声をひそめて案を告げた。

それを聞いて、時吉は大きく一つうなずいた。

「遅かったじゃない、おとっつぁん。子守と包丁仕事は一緒にできないんだから」

　おちよがほおをふくらませた。

「ああ、すまん。代わるぜ」

　長吉は厨に入ると、ぼうっと突っ立っていた吉太郎を見た。

「次につくるのは、相撲にたとえれば三役くらいの料理だ。取り的さんには、ちと荷が重い」

「はい……」

「包丁は見たから、舌を試させてもらおう。そこへ座りな」

　長吉は一枚板の席を手で示した。

「えっ、でも……」

「これも修業のうちだ。師匠の言ったとおりにしな」

　時吉が言うと、また背のまるまった姿勢で吉太郎は厨を出て、おずおずと客の隣に座った。

「呑むかい？」

　と、客が銚子をかざす。

「滅相もございません。修業中の身なので」

吉太郎はあわてて断った。

「で、何をつくってくれるんだい？」

奥の客がいくらか身を乗り出す。

「それは見てのお楽しみで。……時吉、梅酢を頼む。それから、黄身酢だ」

「承知しました」

厨はにわかにあわただしくなった。

のどか屋と違って、長吉屋は構えが大きい。檜の一枚板の席ばかりでなく、客の人数に合わせてくつろげる座敷がいくつもあった。

厨の奥では、師匠の命《めい》を受けた時吉の兄弟子《でし》が若い弟子たちにしきりに指示を出している。料理が立てこんでくると、まるで合戦場《かっせんば》みたいな按配になる。その声が響いてくるものだから、吉太郎はなおさら落ち着かないような、申し訳なさそうな顔つきをしていた。

長吉は茹でた蕗《ふき》と独活《うど》を拍子木《ひょうしぎ》切りにした。これを土佐酢に浸け、味をなじませていく。

そのあいだに菜の花のつぼみを茹で、さっと笊にあげておく。さらに胡麻を擂る。

白と黒の両方を香ばしく炒り、ほどよく擂っておく。

時吉は二種類の酢をつくり終えた。種を除いた梅干しをていねいに裏ごしし、砂糖を加えて土佐酢で延ばしておく。梅酢の赤は鮮やかな色合いだ。

もう一つの黄身酢は、いま少し手間がかかる。玉子の黄身、水、砂糖に塩少々を鍋に入れ、湯煎《ゆせん》にかける。中身がとろりとしてきたら仕上げに酢を入れ、さらに裏ごしをする。

「ずいぶん凝った品だね」

厨の動きを見ていた客が言った。

「お待たせして相済みません」

と、長吉。

「なんの。それも楽しみのうちだよ」

その言葉を聞いて、やっと落ち着いてきた吉太郎がうなずいた。

時吉は葛切りをつくっていた。半ば透き通ったものを一寸（約三・三センチ）ほどの幅に切り揃えていく。

これで役者が揃った。

「これから春の盛りの野を皿の上に現してみます。うまくいきましたら、お慰みでごございます」

長吉が皿を取り出し、手慣れた口上《こうじょう》を披露した。

「よっ、長吉屋」

「風流だねえ」

客が手を拍《う》つ。

長吉が按配したのは笠間の大皿だ。柿釉《かきゆう》の錆色《さび》が渋い皿が、料理の彩りを引き立てる。

蕗は黒胡麻、独活には白胡麻をまぶし、まず皿に盛る。続いて、手前に赤い梅酢、奥に黄身酢を置く。これだけでも彩りだが、雲に見立てた葛切りをかけわたすと、さらに色合いが映える。

「ほほう、景色だね」

「いや、まだ青みが残ってますよ」

「なるほど、菜の花か」

客の言うとおりだった。

長吉は笑みを浮かべて、塩茹でにした菜の花を最後にあしらった。

「春野皿でございます。どうぞ召し上がってくださいまし」

長吉は皿を両手で持ち、うやうやしく下から差し出した。

どんなに自信のある料理でも、「さあ、食え」とばかりに皿を上から出してはいけない。「どうぞお召し上がりください」と下から出さなければならない。それが長吉のいちばんの教えだ。

「こりゃ、食べるのがもったいないね」

「ずいぶんと華やかな画《え》じゃないか」

二人の客が感嘆の声をあげる。

「まあ、きれい」

見世の裏手で千吉をあやしていたおちよが、戻って皿を見るなり言った。

「世辞を言っても、何も出ねえぞ」

長吉の目尻にいくつもしわが浮かんだ。

「それに、さっぱりしておいしそう」

「なら、目の次は舌で楽しませてもらおうかね」

「胡麻の二色《ふたいろ》ばかりじゃなくて、酢も二色とは考えたな」

「お弟子さんも遠慮せずに食いな」

「そうそう、これも修業のうちなんだから」

「は、はい……」

客に勧められた吉太郎は、おずおずと箸を伸ばした。

蕗と独活、それぞれを二色の酢に浸けて食す。これに葛切りがからむ。ほろ苦い菜の花の恵みもある。どのように組み合わせても、微妙に食べ味が変わってくる。

「どうだい？」

次の肴をつくりながら、時吉が厨の中からたずねた。

「いくら遊んでも足りない、春の野原のような感じがします」

ずいぶんと緊張していた吉太郎の表情が、いつのまにか和らいでいた。おいしいものを食べると、人の心の凝りはたちどころにほぐれていく。

「うまいことを言うじゃないか」

「それに……蕗は黒胡麻、独活は白胡麻じゃないといけないいんだなと思いました。逆だとちょっとしっくりきません」

「ほう、それが分かるかい」

長吉が見直したような顔になった。

「酢はどちらが好みだい？」

時吉が問う。

「順はつけられません。どちらもおいしいです。ただ、交ぜないほうがいいでしょうね。かわるがわるに浸けて味わうのがいちばんだと思います」

吉太郎はそう言うと、独活を黄身酢に浸けて口中に投じた。

その顔が、またにわかにほころぶ。

長吉と時吉は顔を見合わせた。師匠と弟子だ。顔つきだけで、おのずと伝わってくるものがある。

「なかなかいい舌をしてるじゃないか、吉太郎」

長吉は言った。

「滅相もございません」

「いや、謙遜することはねえ。舌も修業で鍛えられることは鍛えられるんだが、もって生まれた才ってやつはある。引き合いに出して悪いが、包丁の腕はあって、飾り仕事もめざましくできるんだが、肝心の味が大ざっぱでいっこうにてめえの味にならねえやつだっている」

「悪かったわね、おとっつぁん」

おちよが大げさに口をとがらせたから、見世に笑いがわいた。

「もって生まれた舌ってやつは宝だ。おとっつぁんとおっかさんが授けてくれたものだから、大事にしな」

　長吉が言うと、死んだ両親を思い出したのか、吉太郎は何度も瞬きをしてから「はい」とうなずいた。

「ただ、舌だけじゃ料理はつくれねえ」

「はい、腕の修業を、一からやらせていただきます」

「腕だけでも駄目だ」

　長吉はいくらか突き放すように言った。

「と言いますと？」

　吉太郎はややけげんそうにたずねた。

「あとは……ここだ」

　豆絞りが粋な初老の料理人は、どんと一つ胸をたたいてみせた。

「心だね」

「気合だよ」

　客が励ます。

　吉太郎はわが胸を押さえ、もう一度大きくうなずいた。

　その心を、料理で伝えてやろうと時吉は思った。

次の肴は、揚げ出し豆腐だった。

春野皿のあとにまた凝った料理を出したりすると、きらびやかな社《やしろ》に続けてお参りするようなものでありがたみがない。むしろ素朴なもののほうが清《すが》しく感じられる。

食べよい大きさに切って水切りをした豆腐に、時吉は刷毛《はけ》を使って片栗粉を塗っていった。

この細かい仕事にも、心をこめる。

うまくなれ、からっと揚がれ、と念じながら手を動かす。

揚げぎわにも気を入れる。

箸で豆腐をつまみ、先だけ油の面につけたまま、ひい、ふう、みい、よう……と、十まで数え、余分な油を落とす。

「はい、お待ち」

器に盛ったあつあつの揚げ出し豆腐を、時吉は吉太郎に出してやった。

「ありがたく存じます」

若者が両手で受け取る。

「梅肉だれでもおいしいんですが、春野皿と続きますので、こちらは天つゆで」

二人の客には長吉が出した。

ほっ、と一つ、吉太郎が吐息をついた。

その様子で分かった。

時吉の心が通じたのだ。

三

その晩――。

すべての客が見世を出て、厨の掃除もひとわたり終わった。

漬物や明日の料理の仕込みは、ほかの住みこみの弟子たちがやっている。おちよだけ千吉を連れて夜道を帰すわけにはいかないから、先に寝かせてある。吉太郎も時吉も手が空いた。

「吉太郎、ちょいと裏手へ来な」

時吉に目配せをしてから、長吉が言った。

「はい」

見世の裏手には、後架《こうか》のほかに物置がある。漬物の甕《かめ》や酒などが並ぶ物置の裏に、さらにあるものが置かれていた。

「これが何か分かるか？」

長吉は吉太郎に問うた。

「屋台、に見えます。ただし、車がついているのが変わっていますが」

吉太郎は答えた。

「そうだ。屋台っていえば、たいていは天秤棒を担いでいくやつだが、うちのお客さんに知恵者《ちえしゃ》がいてな。大八車をちょいと小ぶりにしたものに道具やら何やらを乗っけていけば、屋台といってもそれなりのあきないになるんじゃねえかと入れ知恵をされたわけだ」

「なるほど。知恵だと思います」

「というわけで、初めのうちは弟子が二人一組になって、まあ言ってみれば『動く長吉屋』もやらせてた。天秤棒の屋台なら小回りが利くが、車付きだと坂が鬼門だからな」

長吉が身ぶりで車つきの屋台を押すしぐさをした。

「たくさん積めるのは諸刃《もろは》の剣だからな。この屋台を引いてたときは、坂をなるたけ避けるようにしていた」

「時吉さんもこの屋台を？」

「ああ、おちよと一緒に引いてたことがある。大火で焼け出され、何もかもなくしてしまったあと、炊き出しの屋台を引いた。一からやり直すつもりで」

時吉は遠い目つきになった。

この屋台を見ると、まだ所帯を持つ前だったおちよの顔が浮かんでくる。

「で、いま大火の話が出たが……」

長吉が話を本筋に戻した。

「火を扱う煮売りは、火事になったら大事《おおごと》だからまかりならぬというおふれが出ちまった。そこで、煮てあるものだけを売る屋台にしたんだが、あきないとしてはあまり力を入れないようになった。ただ、せっかくつくった車つきの屋台だ。それだけじゃもったいねえ。そんなわけで、弟子の修業の道具として使うようにしたんだ」

吉太郎はやっと呑みこめたという顔つきになった。

「初心《しょしん》の屋台、と呼ばれてる」

時吉が言った。

「初心の屋台……」

吉太郎は繰り返した。

「初めにちょいと苦労させてやろうと思ってな」

荷台をぽんとたたいてから、長吉は続けた。

「もちろん、修業に入るなりいきなり屋台を引かせることはないが、わりと早めに頃合いを見て江戸の晩へ送り出すことにした。それも、一人で」

「一人で……」

吉太郎はいくらか心細そうな顔つきになった。

「二人でやっても度胸がつかねえからな。それに、見世で煮てあるものや櫃《ひつ》に入《へえ》った飯なんぞを売るんだから、まだ腕が甘くたってかまわねえ。あとは度胸と辛抱だ」

「はい」

「屋台を一人で引くのは、なかなかに大変だ。坂にかかっても、うしろから押してくれるやつがいねえ。道がぬかるんでたら、身動きできなくなることだってある。それに、江戸の晩に煮売りの屋台へ来る客は、みないいやつとはかぎらねえ。銭を踏み倒すやつもいれば、もっと剣呑《けんのん》なやつだって来るかもしれない。そんな場数《ばかず》を踏んでいけば、いずれ厨に立って、一枚板の席のお客さんに料理をお出しするときも、どんと肝《きも》が据わるだろうと思ったんだが……」

「案に相違したんですよね、師匠」

時吉が言うと、長吉は苦笑を浮かべた。

「そうだ。あんなに続けてケツを割るやつが出てくるとは思わなかった。そりゃ、凍《こご》えそうな冬の晩に屋台を引くのはつれえもんだ。ちっとも売れなかったりしたら気もふさぐ。力がなけりゃ、屋台も思うように動いちゃくれねえ」

じっと聞いていた吉太郎がうなずく。

「だがよ、そんな晩だからこそ、屋台の酒と肴を恋しく思うお客さんがいるはずだ、いまこっちへ向かってるはずだと思わなきゃならねえ。そういう辛抱をすれば、身の養いになって、あとでてめえののれんを出したときにきっと役に立つと思ってこいつを引かせたんだが……」

と、今度は車を指で弾いた。

「駄目、だったんですか」

吉太郎は声を落としてたずねた。

「ある弟子なんかは、ひでえもんだった。いつまで経っても帰ってこねえから、案じて提灯をさげて総出で探しにいったら、屋台をほっぽりだして逃げやがってた。銭までくすねてな」

長吉は大きな舌打ちをした。

「そんなわけで、わたしとおちよが引くまで、初心の屋台はここで眠っていたんだ」

「その屋台を、わたしが……」

吉太郎は胸に手をやった。

「やる気があるんなら、貸すぞ。この屋台を引いてみる気はあるか」

長吉がまっすぐ目を見て問うた。

「はい」

吉太郎は、はっきりした声で答えた。

「だれも助けにはこないぞ」

「一人で客の相手ができるか？」

長吉と時吉が矢継ぎ早にたずねた。

「つらくても……罪滅ぼしだと思って、やります。何があっても、投げ出したりはしません」

吉太郎はそう言って、唇をかたく結んだ。

「その意気だ」

長吉の目尻に、いいしわが寄った。

「何を売るかは、のどか屋で相談しな。おまえらに任せる」

「はい」

「なら、時吉、明日にでも見世まで持ってってやれ。町のどこぞかに置く場所はあるだろう」

「承知しました。それは家主さんとも相談します」

時吉はそう答えると、初心の屋台をもう一度軽くたたいた。

頼むぞ、という思いをこめて、なつかしい屋台に触った。

第四章　のどか焼き

一

長吉屋から引いてきた初心の屋台は、人情家主の源兵衛の厚意で、岩本町の一角に置いてもらえることになった。

のどか屋からは一町（約一一〇メートル）ほど離れたところの空き地で、平生《へいぜい》は布をかけておけば、雨に打たれて腐ったりもしないだろう。あとは、何を出すかだ。

「こっそり煮炊きをやってる屋台はいくらもあるだろうがね」

例によって一枚板の席に座った隠居が言った。

「いや、もし見廻りに見つかったりしたら剣呑《けんのん》です。ここはお触れのとおり、火は使わないようにしましょうや」

隣の源兵衛がそう言って、軽く首をひねった。

「温石《おんじゃく》を使うっていう手もあるな」

「なるほど、それなら火は関わりがないが、あつあつというわけにはいかんやろ」

原川新五郎と国枝幸兵衛、二人の勤番の武士は座敷に陣取っている。

「冷めてもおいしい料理もありますからね。そのあたりをお出しすればどうかと思ってるんですが」

おちよが千吉をあやしながら言った。

早いもので、千吉が生まれてからもう半年あまりが経つ。このごろは、ゆっくりだが普通に這い這いをするようになった。猫が面白いらしく、見かけると「あーあー」とまだ言葉にならない声を出す。ときには尻尾をつかもうとする。猫のほうはそんな赤子がこわいようで、近寄るとささっと逃げていくのが常だった。

「それなら、煮物なんかかかねえ」

と、隠居。

「煮染めは間違いがないところでしょうね。ことに芋の煮物などは、ほかほかもおいしいけれど、冷めて味が染みたのも趣が変わってうまいですから」

肴をつくる手を動かしながら、時吉は言った。

その手元を、吉太郎はじっと見ていた。長吉にならって豆絞りの鉢巻きを締めたせいか、いちだんと男前が上がったように思われる。やけどの跡はあるが、もともと役者にしたいような面相だ。

時吉がつくっているのは、見た目よりずっと手のこんだ料理だった。ただし、手がかかっているぞ、どうだというけれんはまったくない。皿に盛られているものは、むしろ清《すが》しいたたずまいをしていた。

材料は鯣烏賊《するめいか》だ。足などは普通にあぶって出すが、この料理は胴のところを用いる。

ひと晩漬けこんで味を染みこませてから焼く。漬け床はまず麹《こうじ》を戻すところから始める。ここに味醂、味噌、塩、醤油を加え、よく交ぜる。

鯣烏賊は縦に開き、皮のところに包丁目を入れる。鹿《か》の子《こ》模様にすると、味も染みるし、仕上がりも美しくなる。

ひと晩漬けこんで存分に味が染みたら、一寸あまりの食べよい長さに切る。そして、香ばしい焼き目がつくまで焼き上げる。

火であぶると、鯣烏賊がくるっと縮んでくる。それを皿に盛り、杵生姜《きねしょうが》をあしらって出す。

「お待たせいたしました。鯣烏賊ののどか焼きでございます」

時吉は笑みを浮かべて肴を出した。

「のどか焼き？」

家主がけげんそうな顔つきになった。

「ほう……それは何かココロがありそうだね」

隠居が言った。

「はい。皿の向きをちょいと変えていただくと、のどか焼きという名をつけたわけが見えるかと」

料理が冷めないように、時吉は助け舟を出した。

「あっ、なるほど」

「見えましたね」

一枚板の席の客が、ほぼ同時に声をあげた。

くるんと丸まった鯣烏賊の切り口が、なんと「の」の字になっていた。のどか屋の「の」だ。

「なるほどねえ。考えたもんだ」

「たしかに『の』に見えるな」

隠居と家主が感心する。

「こっちにもくれよ」

「そら、食べんとな」

勤番の武士たちも所望した。

味もなかなかに好評だった。麹に漬けこんだおかげで、鯣烏賊の味がやさしくなっている。そこに味噌の風味と焦げ目の香ばしさが加わる。のどか焼きの名にふさわしい美味だった。

「ただ、こういう料理は屋台じゃ出せないな」

時吉は吉太郎に言った。

「はい。身がかたくなってしまうといけませんので」

弟子はうなずいた。

「じゃあ、やっぱり煮染めかしら」

と、おちよ。

「そうだな。あとは飯をどうするか」

時吉は腕組みをした。

豆腐に蒟蒻《こんにゃく》、芋に切干《きりぼし》、それに牛蒡《ごぼう》や大根や人参。煮染めにする材料には事欠かない。

　具が型くずれをしないように、煮汁がなくなるまでじっくりと煮ていく煮染めは、ずいぶんと古い料理だ。室町時代初期の『庭訓往来《ていきんおうらい》』にも牛蒡の煮染めが載っている。

「稲荷寿司《いなりずし》っていう手もあるな」

「押し寿司もあるけど、あれは足が早いさかい」

「あっ、そや」

　原川が手を拍《う》った。

「何か名案でも浮かびましたか、お武家さま」

　季川が柔和な表情で問う。

「煮染めの屋台があると、勤番侍はずいぶんと助かる。もちろん、どの上屋敷にも賄い方がいて、宿直《とのい》の者の弁当などもこしらえてくれるんやが……」

　偉丈夫は華奢な男を見た。

「うちの藩の賄い方は、どうも腕がいま一つでな。こうやってよそで食べると、なおさらうちの飯のまずさが身にしみる」

　国枝幸兵衛は情けなさそうな顔つきになった。

「なるほど、藩によってうまいまずいがあるんですね」

かつては同じ藩士だった時吉が言った。

「ここだけの話だが、殿も嘆いておられた。うちの賄い方は江戸風でも上方風《かみがた》でもない味付けなんやが、よろずにどっちつかずでのう。できることなら、おぬしに代わってもらいたいほどや」

「いやいや、いまは市井《しせい》の小料理屋ですから」

時吉は軽くいなした。

「いずれにしても、武家の屋敷が近いところに屋台を出したら、それなりには売れると思うがなあ」

原川が言う。

「お武家さまばかりいらっしゃる屋台ですか」

吉太郎の顔つきが少しこわばった。

「あんまり寂しいところもねえ」

おちよが首をかしげる。

「それなら、町屋と武家屋敷の境のようなところに出せばどうかな」

隠居が言った。

「わたしもそれを言おうとしたんです」

と、源兵衛。

「はは、早い者勝ちだよ」

「それは名案かもしれませんな」

「町人と武家、どちらも客になれば繁盛間違いなしや」

「うまい煮物は、だれもが食べたがるからな」

勤番の武士たちも賛意を示した。

「では、屋台で出すものの一つは、煮染めで決まりということで」

時吉は弟子の顔を見た。

「承知しました」

吉太郎は頭を下げ、豆絞りをさっと手で直した。

「初めのうちはわたしが手本を見せるが、味が分かったら、仕込みからすべてやりな。いずれのれんを出しても、そのままお出しできるから」

「はい」

「あとは季節の焼き魚だな。塩焼きなら総菜になるし、それなりに保《も》つ」

案は次々に生まれてきた。

「で、ご飯ものはどうするの？　おまえさん」

おちよがたずねた。

「稲荷寿司もいいんだが、それだけを扱う屋台もある。おにぎりを出したり、混ぜ飯にしたり、たまには稲荷寿司にしたり、目先を変えていけばどうかと思う」

「いろいろやらせていただければ、その分引き出しが増えます。のれんを出したときに違ってくると思います」

まだいくらか猫背だが、長吉屋の厨に立っていたときに比べるとしゃんとした姿で吉太郎は答えた。

「酒も出すんだろう?」

源兵衛が問う。

「屋台にはそれ目当てでくるお客さんもいるでしょうから」

「青菜の胡麻和えや鹿尾菜《ひじき》の煮付けなんかもいいわね。あとは小茄子の漬物とか」

おちよが指を折る。

「屋台だから、凝った肴はつくれないし、さっと呑むんだからべつに要らないね」

と、隠居。

「ただ、なかには腰を落ち着けて呑む客もいるかもしれない。そういうお客さんと話をしながらつないでいくのも、見世持ちの料理人の心得だ」

時吉がそう教えると、吉太郎はにわかに緊張した面持ちになった。

「なに、天気の話とか、時候の話とかでいいんだ。いまだったら、初鰹の話や、早いものでもう少し経てば川開きですね、とか、そういった邪魔にならない話をつないでいけばいい」

隠居が心得を教える。

「でも、あんまり話しかけられたくないお客さんもいるから、そのあたりは顔を見て変えていかないとね」

おちよがむずかしい注文をつけたから、吉太郎はまたあいまいな表情になった。

「まあ、習うより慣れろだね」

「しっかりおやんなさい」

一枚板の客たちが励ますと、やっと若者の顔が晴れた。

二

勤番の武士たちが腰を上げ、のどか屋を出ていったのと入れ替わるように、一人の粋な着流し姿の男が、すいとのれんを分けて入ってきた。

安東満三郎だ。

平時には将軍の荷物を運んだり触れを出して回ったりする黒鍬《くろくわ》の者の組は三つあるが、表向きにはないことになっている四番目の組がある。その通称「黒四組」の組頭をつとめているのがこの男だった。

その秘密の組のつとめは、神出鬼没の隠密仕事だ。上様の命《めい》を受けた大きな仕事もあれば、ときには町場まで下りてくることもある。町方や火付盗賊改方《ひつけとうぞくあらためかた》などが頭を抱えるような難事件で、思わぬ知恵を出して解決に導いたりするのが黒四組だ。

「なるほど、お弟子さんを採ったのかい、のどか屋さん」

一枚板の席の端に座り、あんみつ隠密と称されている男が言った。

もちろん名前と引っかけてあるが、この御仁、とにかく甘いものに目がない。普通なら「うめえ」がほめ言葉だが、安東はまず「甘え」と口走るのが常だった。

「こちらから貼り紙を出したりしたわけじゃないんですが」

「うちの味を気に入って、見世に通ってくれたんですよ」

おちよが笑みを浮かべる。

「そりゃ何よりだ。腕が上がったら、のれん分けかい？」

「ええ。ただ、その前に、一人で屋台を引いて修業をしてもらおうと思いまして」

時吉がそう言うと、なぜかあんみつ隠密の顔がいくらか曇った。

「そうかい。屋台をな」

「近くの空き地に置いて、濡れないように筵《むしろ》をかぶせてあります」

源兵衛が言った。

「じゃあ、ちょうどいい。甘めの料理をつくってみな。照り焼きなら、たれの交ぜ方を覚えたら何にでも使える」

時吉は弟子にそううながした。

「おれは修業の道具だな。無理に甘くしなくてもいいぞ」

あんみつ隠密はいつもの憎めない笑顔に戻った。

照り焼きといえば、鰤《ぶり》などの魚がもっぱらだが、べつに野菜や豆腐でもいい。練り物も、元は魚だから合う。

今日は竹輪《ちくわ》を使うことにした。斜めに切った竹輪を、浅い鍋でこんがりと照り焼きにしていく。

「醬油と味醂と酒、この割りを料理によって変えていけばいい」

時吉は教えた。

「はい」

吉太郎が神妙な顔でうなずく。

「煮物などは割りが違うから、いずれまた教える。照り焼きはいちばん覚えやすい。醬油が一、味醂が一、酒が一。みんな一緒だ」

時吉はそう言うと、安東の顔をちらりと見た。

「安東様の分は、できあがったら砂糖を足せばいい」

「おお、ありがてえ」

あんみつ隠密がいきなり高い声を出したから、ひざに乗ろうとした物おじしないいちのがびくっと前足をすくめて逃げていった。

吉太郎はさっそく料理に取りかかった。慎重に匙《さじ》で量り、割りが同じになるようにする。その瞳には、いい感じの光が宿っていた。

「焦げやすいから注意しな」

「承知しました」

吉太郎はぐっと気を入れて調理をし、竹輪にほどよく焼き目がついたところで皿に盛った。

甘辛い味付けには粉山椒を振るとよく合う。竹輪なら青海苔でもいい。胡麻を振っても味わいが出る。

「お待たせいたしました。安東様の分はいまからおつくりします」

「ありがとよ」

「では、ご隠居さんと家主さんに……竹輪の照り焼きでございます」

吉太郎は大げさなくらいに皿を下からうやうやしく差し出した。

長吉から時吉へ、そして時吉から吉太郎へ、流れる川の水のように受け継がれていく心得だ。

「うん、山椒がぴりっと効いていてうまいね」

食べるなり、季川が顔をほころばせた。

「これだけしっかり味がついてたら、屋台でも出せるかもしれないな」

と、家主。

ほどなく安東の分ができた。

「うん……甘え」

あんみつ隠密がいつものほめ言葉を発したから、のどか屋に和気が満ちた。

そうこうしているうちに、職人衆がどやどやと入ってきて座敷に陣取った。

弟子の吉太郎が屋台を引くという話を聞いて、気のいい者たちは次々に思いつきを口にしてくれた。

「勤番のお武家さまの屋敷はどこにあるんだい?」

職人の一人がたずねる。

「和泉橋《いずみばし》を渡った先で」

「ああ、川向こうかい」

「と言っても、たいして遠かねえな」

「向柳原《むこうやなぎわら》だから」

「柳原の土手だと、夜鷹が出るがな」

「そんなに遅くまで出さなくたっていいだろうよ。蕎麦屋なんぞと縄張り争いになっちゃいけねえ」

「なら、も少し手前にするか」

みんな親身になって考えてくれる。

「岩本町からあんまり離れてないところがいいですね。引いていくのが大儀だし、いざとなったらすぐ戻れるし」

裏手で千吉に乳をあげてきたおちよが言った。

「それだったら、お玉ケ池《たまがいけ》の界隈はどうだろうかね。ここからは近いし」

隠居が身ぶりで方向を示した。

「ああ、そりゃいいや。名のある道場もあるし」

「北辰一刀流《ほくしんいっとうりゅう》だな。どんな剣術か知らねえけど」

「剣術だけじゃねえぞ。あのあたりにゃ、絵かきや狂歌師なんぞがずいぶんと住んでるらしい」

「あそこらは、江戸のどこへ行くにも便がいいから、人の往来もある」

「その分、ほかの屋台も出てるがな」

「そいつぁ、ちゃんと仁義を切って、あとは味で勝負すりゃあいいだけよ」

職人衆はこぞって賛同した。

「お玉ケ池なら、町屋もあれば武家屋敷もあるからね」

と、隠居。

「近江《おうみ》仁正寺《にしょうじ》藩の上屋敷なんかもあるな。町人に武家、それに画家や書家や儒学者、いろんなやつが住んでるから、屋台を出すのにはうってつけなんだが……」

安東満三郎はまた妙に片づかない顔つきになった。

「あとはおいらの腕次第ですね。懸命に励みます」

腕がまだ心もとないと言われたと受け取った吉太郎は、そう答えて頭を下げた。

次の肴ができた。

蒟蒻《こんにゃく》の粉がつお煮だ。

蒟蒻は匙で食べよい大きさに切り、茹でてあくを抜いておく。削り節を乾煎《からい》りし、さらに擂り鉢で粉になるまでよく擂る。

蒟蒻は味が染みるまで、だしと醬油と味醂で煮る。煮汁がなくなったら鉢に入れ、粉がつおを存分にまぶす。

「蒟蒻は味が染みにくいから、こうやって粉がつおの衣を着せてやるんだ」

時吉の教えが続く。

こうやって日にいくつかずつでも引き出しを増やしてやれば、ささやかな流れが合わさって、やがては滔々《とうとう》と流れる大河になる。

「蒟蒻のほかにも使えましょうか」

吉太郎が問う。

「筍にもぴったりだな。木の芽をあしらえばなおいい」

「香りを出すために、ぱんとたたいてから添えるんでしたね」

「覚えたな。その調子だ」

時吉は弟子の肩をたたいた。

「で、おれの分は……」

安東が厨を覗きこんだ。

「はい、最後におつくりしますので、いましばしお待ちくださいな」

よどみのない口調で、吉太郎は言った。

一人分残った粉がつおに砂糖を交ぜ、蒟蒻にまぶして出す。

「うん、甘え」

蒟蒻を嚙んでから、あんみつ隠密は言った。

「ありがたく存じます」

頭を下げた若者に向かって、黒四組の組頭はいやにまじめな顔になって告げた。

「屋台は、くれぐれも気をつけな」

三

こうして、吉太郎は屋台の修業に出るようになった。

日が西に傾きだす頃合いに、岩本町の空き地からのどか屋まで屋台を運んでくる。

その荷台へ仕込んだ料理を乗せ、吉太郎はお玉ケ池まで運んでいった。

屋台には提灯が二つついていた。どちらも「の」と記されている。

提灯に灯が入ると、「の」が浮き出しているように見える。その字を見たら、思わず気持ちがほっこりと和らぐような字だった。これはかつて「手毬寿司」の件で縁ができた提灯師の橋蔵《はしぞう》がつくってくれたものだ。

煮染めやおにぎりなどをふんだんに乗せ、お玉ケ池の按配のいい場所まで引いていく。ここには三つ角があり、またほんの少し進むと三つ角になる。ちょうど筋違いになっているわけだ。北から南へ、もしくは南から北へ進むときは、必ず通るところだから、屋台を出すにはうってつけだった。

初めのうちは気になったから、おちよが千吉を背負って様子を見にくることもあった。さすがに一人で屋台を引くのは心細いところがあったと見え、おちよの顔を見ると吉太郎はほっとした顔つきになったものだ。

吉太郎が相手をするのは、客ばかりではない。ほかにも屋台があるし、流しもしばしばやってくる。

お玉ケ池の界隈にむかしから出ているのは、稲荷寿司の屋台だった。かつぐのがいささか大儀そうなあるじはいたって気のいい男で、新参の吉太郎を快く迎えてくれた。

稲、荷、鮨

そう記された三つの提灯に狐を描いた旗指し物、それに、頭にも狐の面を乗せた派手な構えで、揚げの照りがいい感じの稲荷寿司がずらりと並んでいる。

飯の代わりに蕎麦を使った変わり稲荷なども出そうかと時吉は言っていたのだが、狭いところでかちあっても仕方がないのでやめることにした。ときには稲荷寿司とおにぎりをかえっこして食べることもあった。

毎日、同じところに出しているから、少しずつなじみの客ができるようになった。たとえあつあつでなくとも、のどか屋の味つけは多くの客に好まれた。濃すぎず薄すぎず、妙にあとを引く味だ。

ことに芋や厚揚げの煮つけなどが好まれた。腹にたまるし、冷えても具の中から染み出してくる味が何とも言えない。

大和梨川藩の勤番の武士たちも、折にふれて顔を出してくれた。お重を持参し、宿直の弁当を詰めていく。

「のどか屋が近くなって助かるぞ」

「たまには見世ののれんをくぐって、じっくり呑みたいものだがのう」

屋台でも酒は出すが、簡便な立ち呑みだ。ただし、酒は手を抜かず、上等の下り酒を出していた。それも吉太郎の屋台が繁盛するわけの一つだった。

「まあしかし、弁当が格段にうまくなったのは重畳《ちょうじょう》」

「その分、腹が出てきたけどな」

「おぬしは腹が出るくらいでちょうどよかろうに」

原川が国枝をからかい、稲荷寿司屋まで笑う。お玉ケ池の筋違いの場所に、穏やかな空気が漂った。

あるとき、いつもの場所に吉太郎が向かうと、流しの茶飯屋が先に荷を下ろしていた。

茶めし
丹《に》しめ
あんかけとうふ
おでん

行灯にはそう記されている。吉太郎の屋台と売り物がいくらかかぶさっていた。

茶飯屋は険のある男で、吉太郎の姿を見るなりにらみを利かせた。

「なんでえ、おいらが先に来たんだぜ。よそへ行きな」

「でも、毎晩ここで……」

「四の五の言ってんじゃねえや。こちとら、気が短けえんだ」

茶飯屋に強い口調でそう言われたから、吉太郎がやむなく立ち去ろうとしたとき、客が救ってくれた。

近くの道場で指南役をつとめている武家だ。屋台の魚の塩焼きに目がない。上等の酒が安く出ることにも喜び、持参した徳利に注いでもらって、帰ってから魚をつきながら呑むのを楽しみにしていた。

「この屋台はお玉ケ池の顔ぞ。うぬこそ去れ」

剣術家はそう言って、刀の柄《つか》をぽんとたたいた。

「へ、へい」

これは相手が悪い。流しの茶飯屋はしっぽを巻いて逃げ出した。

ただし、一度だけ振り向いて、吉太郎に向かって捨てぜりふを吐いた。

「覚えてろ」

顔が醜くゆがんでいた。

このほかには、二度ばかり食い逃げに遭った。屋台のあきないをしていれば、だれもが多かれ少なかれ出くわすやつだ。

これもまた一つの身の養いだった。

食い逃げをやらかすようなやつは、どこか様子がおかしい。まわりをきょろきょろ見たりしている。吉太郎が学ぶことは料理ばかりではなかった。

そんな按配で屋台の修業をしているうち、両国の川開きの時分がやってきた。

二ケ国の潤ひとなるいい花火

と、柳句《りゅうく》にある。

武蔵《むさし》と下総《しもうさ》の両国を結ぶ橋だから両国橋だ。

川開きの花火の際には、鈴なりの人垣になり、「玉屋《たまや》」「鍵屋《かぎや》」の掛け声が盛大に響きわたる。どちらの橋詰にも屋台がむやみに出て客を誘う。

人波の端は、花火の喧噪からは遠いはずのお玉ケ池にも届いた。そのおかげで、吉太郎の屋台は早々と売り物がなくなり、笑顔でのどか屋に戻った。

「もっと多めに仕込んでおけばよかったかな」

時吉が言った。

「でも、運ぶのが大変ですから」

「なら、もう一度お玉ケ池まで行ってきたら？」

おちよが笑って言う。

「そうですねえ……」

吉太郎は真《ま》に受けて首をひねった。

「戯れ言よ。ご苦労さま。またあしたがあるじゃないの」

「はい。精一杯やります」

見違えるような明るい表情で、吉太郎は答えた。

「これからは暑気払いの時季になっていくな」

例によって油を売りにきた湯屋のあるじの寅次が言った。

「屋台の売り物も変えるんだろ？」

「そりゃそうさ。冬に冷や水売りが来たって、だれも買いやしねえ」

「夏のものは夏に売らねえとな」

座敷には火消し衆が陣取っている。

「そのあたりは考えてますんで。……吉太郎、これから夏向けの料理をだんだんに教えていくぞ」

「お願いします、師匠」

弟子はそう答え、豆絞りをきりっと締め直した。

時吉がまず伝授したのは、茄子《なす》の田舎煮だった。冷めてもうまいから、屋台で出すにはうってつけだ。

茄子を二つ切りにし、味が染みるように斜めの切れ目を入れておく。それから乱切りにし、薄めの塩水に浸けてあくを抜く。

水気を切った茄子は胡麻油でほどよく炒め、水と砂糖を加える。ここに散らすのは、種を取って三つくらいに切った赤唐辛子だ。これがこの料理の味の要《かなめ》になる。

「夏はぴりっとした苦いものがいいんだ」

時吉は教えた。

「それはなぜでしょう」

「川開きも終わったから、これから六月、七月とどんどん暑くなる。そんなときは、体も熱くなってしまうから、冷ましてやる料理がいちばんなんだ。それには、苦みがちょうど合う」

「なるほど、それで唐辛子を入れるわけですね」

「そう。煮るのは二段構えになる。まずは水と砂糖と赤唐辛子で落とし蓋をして煮る。それから醬油を入れて煮詰めていく」

「煮汁がまったく残らないようにするんでしょうか」

「いや、いくらか残す加減にする。途中で茄子を崩さないように置き換えて、味をなじませるのも大事だ。最後は器に盛って白胡麻を振る」

時吉は懇切丁寧に段取りを教えた。

茄子の田舎煮ができるまでに、もう一品、野趣にあふれた料理を教えた。

鮎の塩焼きだ。

これからだんだん脂が乗ってうまくなる。その鮎にうまく串を打って、鰭《ひれ》に化粧塩を施し、いい按配に焼いていく。

「おお、見るだけでうまそうだね」

寅次がのぞきこんだ。

「串を打たれた鮎が泳ぎそうだぜ」

「泳いだら目を回すぞ」

「いい見世物になりそうだな」

火消し衆が口々に言う。

鮎の串打ちはなかなかにむずかしい。火がよく通るばかりでなく、鮎が生き生きと泳いでいるようなさまにしてやるのが骨法《こつぽう》だ。

のぼり串、と呼ぶ。

「しくじったらおれが食べてやるから、案じずにやりな」

寅次が声をかけた。

「はい」

屋台を引いてきたあとだが、吉太郎は引き締まった顔つきで串を打った。さすがに時吉の鮎に比べると不格好だが、これでも火は通る。

「鰭に塩を振るのを忘れるな」

「承知しました」

吉太郎がいい声で答えたとき、のれんがふっと開いた。

「あら、いらっしゃい」

おちよが迎える。

「なんだよ、鮎を食ってからだぞ」

寅次があわてて言った。

見世に入ってきたのは、湯屋の看板娘のおとせだった。

「こんな夜に、娘に提灯を提げて迎えにこさせるなんて、悪いお父さまですね」

芝居の棒読みのような口調でそう言ったから、座敷の火消し衆がどっとわいた。

「いつのまに、うまいこと言うようになったじゃねえか」

「しばらく見ねえうちに、馬鹿に娘らしくなったなあ、おとせちゃん」

「いい人はいるのかよ」

「そりゃ、いるだろうよ」

「なんつっても、もうそろそろ嫁入りの年頃だからよ」

酒の入った火消し衆には、湯屋の娘はちょうどいい肴になった。

「知りません」

桃割れに鹿《か》の子《こ》絞りの手絡《てがら》をかけた娘は、軽くいなして厨のほうを見た。

吉太郎と目が合う。どちらもどぎまぎしたようにひょこりと頭を下げた。

「嫁なんて、もらい手がねえさ」

寅次がそう言うと、火消し衆から次々につぶてが飛んだ。

「なに、おとっつぁんがやりたくないだけだろうに」

「いつまでも手元に置いとけると思ったら大間違いだぜ」

「おとっつぁんの人情だねえ」

そんなにぎやかなやり取りをしているうちに、鮎の塩焼きができあがった。

これは蓼酢《たでず》で食す。ぴりっと辛い蓼酢の味が合うことはもちろんだが、苦みを辛みが補うという薬膳の理にもかなっていた。

「一匹だけ食わしてくれよ」

寅次はおとせに言った。

「まあ、じゃあ娘の情けで」

おとせはおどけた顔をつくった。

「武士の情けじゃねえんだな」

「おとせちゃんも食えばいいのに」

「おとっつぁんのおごりでな」

火消し衆がそう言ったから、焼き上がったばかりの鮎を吉太郎が差し出した。

「どうぞ。ちょっと恰好が悪いけど」

「いえ、わたし……目のついたお魚は駄目なんです」

おとせはすまなそうに言った。

「そうなんだ。ごめん」

吉太郎も謝った。若者はいやに赤い顔をしていた。

「うん、うめえ」

娘とは違って、頭からがぶりと食らいついた寅次が言った。

「温石も使えば、屋台でも出せるかと思ってるんです」

「縦に差しておいたら、目を引くんじゃないかと」

のどか屋の二人が言うと、客たちはただちに賛意を示した。

「そりゃ、みんな飛びつくぞ」

「屋台の名物にならあ」

「あっと言う間に売り切れ御免よ」

時吉は吉太郎の顔を見た。

弟子は胸に手をやった。

やります、という顔つきだ。

だが……。

鮎の塩焼きが吉太郎の屋台の名物になることはなかった。

思いもよらぬ事件が出来《しゅったい》したのだ。

第五章　団子《だんご》と包玉子《つつみたまご》

一

その晩も、吉太郎は同じ場所に屋台を出した。

あいにく鮎はいいものが入らなかったため、いつもどおり煮染めなどを持っていった。

時吉と相談し、飯はおにぎりを何種類かこしらえていった。どれも夏らしいさわやかな色合いになるようにした。

炒り玉子がある。玉子一個に砂糖と塩少々を加えて炒ったものをごはんに交ぜて握り、ちらりと青海苔を振って黄色を際立《きわだ》たせる。

青海苔と沢庵《たくあん》、それに海苔の佃煮をのせたものもある。夏山に見立てた彩りが鮮やかだ。

小梅もある。小ぶりの梅干しをみじん切りにして、砂糖と塩を交ぜて握れば、手毬のような趣になる。

同じ黄色でも、玉子と沢庵とでは色合いが違う。沢庵を細かく刻んだものには黒胡麻を振って彩りにする。

そういった華のあるおにぎりは評判で、たちまち残りが少なくなった。

「毎度ありがたく存じます」

どの客にも、吉太郎は明るい声をかけていた。

初めのうちは、客が来るたびに心の臓が高く鳴ったものだが、このごろはすっかり慣れてきた。

「えー、おにぎりに煮染め、池田《いけだ》の下り酒、よろずにそろえております。いらっしゃいまし」

我から声をかけることもできるようになった。

常連とも話をする。天候の話から、どこそこの寺でありがたいご開帳があるという話題まで、客に合わせてしゃべれるようになった。

それでも、客が引きも切らずに訪れるというわけではない。屋台には、凪《なぎ》のようなときもある。

そんなとき、吉太郎は死んだ父母のことを思い出した。

親不孝にも、火が出たときは賭場にいた。見世の手伝いもろくにせず、楽をして金をもうけようとしていた。

その報いで、見世は焼かれ、父も母も死なせてしまった。

たとえ小さな見世でもいい。こうして屋台で修業をして、どうあっても再びのれんを出さなければ。

吉太郎は毎晩、豆絞りをしっかりと巻いていた。

次の客と思われる者が近づいてきた。

二人の武家だ。

ともに笠をかぶっているから、面体《めんてい》などは分からない。紋所のないぶら提灯を提げ、まっすぐ屋台のほうへ向かってきた。

「いらっしゃい、まし……」

吉太郎はややあいまいな声を発した。

客にしては様子が変だった。妙な気配が伝わってきた。

「さんざん、探したぞ」

一人が言った。

いやな間があった。

「はあ……」

腑に落ちない顔で、吉太郎は言った。

ひと呼吸おいて、もう一人の武家が声を発した。

「団子と包玉子をくれ」

そんなものはあきなっていない。ありえない注文だった。

「は？　いま一度」

吉太郎は問い返した。

「団子と包玉子だ。さんざん、探したのだが、ないのか？」

武家が問い詰める。

深めにかぶった笠の下からのぞくその顔を、吉太郎は思わずじっと見た。

「見たな」

二人の武家はうなずきあった。

そして、やにわに抜刀した。

「うわっ！」

吉太郎はうしろへ飛び退《しさ》った。

避《よ》けようとしたのだが、目にも留まらぬ居合で抜かれた刃は、吉太郎の利き腕を深々と斬り裂いていた。

「生かしてはおけぬ」

もう一人の武家も抜刀し、間合いを詰め、やおら大上段から斬りかかろうとした。

吉太郎を斬って捨てようとした。

だが、そのとき、声が響いた。

「なんや、おまえらは」

「狼藉じゃ、狼藉じゃ」

聞き憶えのある声だった。

大和梨川藩の二人の武家が、急を察してわらわらと駆け寄ってくる。

「いかん」

「引け!」

二人の怪しい武家は刀を納め、やにわに闇の中へ駆け出した。

「待てっ」

「何者だ」

しばらく追ったが、賊の逃げ足は速かった。

原川と国枝は屋台の吉太郎のもとへ戻ってきた。

「やられたか」

「しっかりせよ」

吉太郎は血の気をなくしていた。腕の傷は深かった。

「鉢巻きを借りるぞ」

原川が吉太郎の豆絞りを取り、腕の付け根をきつく縛った。

「金瘡医《きんそう》（外科）へ運べ」

「おう」

「気をしっかり持て」

「助かるぞ」

勤番の武士たちの励ましに、吉太郎は弱々しくうなずいた。

二

「でも、よかったわ。いいところに助けにきていただいて」

おちよがほっとしたように言った。

「いずれあの二人が屋台に来たら、いろいろ負けてやれ」

「はあ、でもこの腕じゃ……」

厨の中で、吉太郎は顔をしかめた。

お玉ケ池で屋台を出しているときにやにわに斬りつけられた吉太郎は、不幸中の幸いで一命を取り留めた。

原川と国枝、二人の勤番の武士が吉太郎の危難を救い、見知り越しの金瘡医のもとへ運びこんだ。この迅速な処置が正しかった。刀傷に強い金瘡医は、ただちにしかるべき手当を施した。

ずいぶんと熱は出たが、悪い病にかかることもなく吉太郎は本復《ほんぷく》した。ただし、斬られた腕の傷は浅くはなかった。腱までざっくりと斬られていた。少しずつ動かす鍛練をすれば、元どおりになるという診立《みた》てだが、長い時がかかるかもしれないという話だ。

「まあ、焦らずにおやんなさい」

一枚板の席から、隠居が声をかけた。

「はい。焦っても仕方がないので。ただ……」

吉太郎はあいまいな顔つきになった。

「ただ？」

「たとえ屋台を引けるようになっても、もうちょっと怖くて……情けない話ですが、ときどき夢に出てうなされます」

「そりゃあ無理もないね。怖い思いをしたんだから」

隠居はうなずいて、猪口に手を伸ばした。

「それにしても、ひでえことをしやがるもんだな」

「物盗《ものと》りの仕業じゃねえんだろう？」

「辻斬りでもねえ。物騒な話じゃねえか」

今日の座敷はそろいの半纏《はんてん》の大工衆だ。みな口々に言う。

「『さんざん、探したぞ』と言われたんですが、まるっきり心当たりがありません」

吉太郎はそう言うと、左手だけで粒餡《つぶあん》の下ごしらえを始めた。

利き腕は使えなくても、片手でできることはある。厨に入って修業したいという吉太郎のたっての願いだから、時吉はできる仕事を与えていた。

「人違いかもしれないね。それで斬られたのなら、とんだ災難だが」

隠居が言った。

「たしかに、そうかもしれません。わたしにも身に覚えがありませんから」

時吉が胸に手をやった。

「あの流しの茶飯屋の差し金かとも思ったんですけど」

吉太郎は、流しの茶飯屋が捨てぜりふを吐いて立ち去っていった件を手短に話した。

「おう、そいつぁ臭《くせ》えな」

「意趣返しか」

「世の中にゃ、変なやつもたくさんいるからな」

大工衆はその説に乗ってきたが、当の吉太郎がうなずかなかった。

「でも、ただの流しの茶飯屋が武家を二人雇うなんて、ちょっとありえない話だと思います」

「そうだわねえ。それに、妙な判じ物みたいなことを口走ったんでしょう？……おお、よしよし、のどかをごらん？　前足をちゃんとそろえていい子にしてるじゃないか」

おちよは猫を引き合いに出して、ぐずる千吉をなだめた。

「『さんざん、探したぜ』と言ったあと、おいらを斬った武家は『団子と包玉子をくれ』と注文しました。そんなものをあきなっていないのは、ひと目で分かるはずです」

吉太郎は首をかしげた。

「暗くてちゃんと見えなかったってことはないかな？」

と、隠居。

「それはないと思います。提灯もありましたし」

「そもそも、そんなにたくさん品を置いてあったわけじゃないですからね。ひと目で分かるはず」

時吉も腑に落ちない顔つきになる。

「煮染めと団子を見間違うやつはいねえだろうよ」

「団子ってのは串に刺さってるんだから」

「聞き間違いってことはないかい？」

大工衆の一人に問われた吉太郎は、すぐさま首を横に振った。

「いえ。繰り返しそう言われましたから、間違いじゃないはずです。たしかに、『団子と包玉子をくれ』と」

その包玉子を時吉はつくっていた。

団子はおなじみだが、包玉子を食したことがあるのは隠居だけだった。そこで、大工衆に出してみることにしたのだ。

牡丹《ぼたん》玉子、もしくは茶巾《ちゃきん》玉子とも言う。丈夫な紙を茶巾型にして、玉子を中に割りこみ、こよりでしっかりとくくっておく。これを茹でて静かに紙を取れば、固まった玉子がふわりと現れる。

これだけではただの玉子だから、皿に盛ってから味つけをする。

素朴に醤油をかけるだけでもいい。青海苔と葛餡《くずあん》だけでも粋で、椀にもなる。趣を変えて白砂糖を振ったら菓子でもいける。

「お待ちどおさまです。今日は揉み海苔とお醤油で召し上がっていただきます」

おちよが座敷に運んでいった。

「へえ、これが包玉子か」

「屋台に出てるもんじゃねえな」

大工衆が皿を見る。

「屋台では冷めてもうまいものをお出ししていますが、この包玉子はあつあつのほうがおいしいですからね」

厨《ちゅう》から時吉が言う。

「違えねえ」

「海苔がまだちょいと踊ってる、あったかいのがうめえな」

「こりゃ、口福《こうふく》だ」

大工衆が口々に言った。

「まあ、何にしても、安東の旦那が判《はん》じ物《もの》を解いてくれるだろうよ」

包玉子をほおばってから、季川が言った。

今日は一度だけあんみつ隠密が姿を現した。さまざまな御用を抱えているらしく、「夕方、また顔を出すから」と言って、茶を一杯呑んだだけでそそくさとのどか屋から立ち去っていった。

吉太郎が粒餡の下ごしらえをしていたのは安東のためだった。包玉子ばかりでなく、団子もつくってみる。二つ並べれば、判じ物の謎が解けるかもしれない。

おちよのそんな思いつきで、団子もつくることにした。うまくできれば、見世先で売ることもできる。ことに焼き団子がいい。団子が焼ける香ばしい匂いは、何よりの見世の宣伝になる。

ただし、今日の客はあんみつ隠密だ。まずは甘い団子が主になる。

すでに丸くこねて串を打ち、大きめの蒸籠《せいろ》に入れて蒸し上げているところだ。団子にはさまざまあるが、とりあえずはみたらしと粒餡にするつもりだった。

利き腕を斬られてしまった吉太郎は、まだ布で腕を吊っていた。動かせる左腕だけで、できる仕事を懸命につとめている。右腕が前と同じように使えるかどうかは、傷の治り具合によるらしい。少なくとも、屋台を引くなどの力仕事は、当分のあいだは無理そうだ。

「餡の甘い香りがしてきたね」

隠居が笑みを浮かべた。

「その香りに誘われて、そろそろいらしゃるかもしれませんよ」

おちよの言うとおりだった。

それからまもなく、のれんを分けてあんみつ隠密が入ってきた。

三

「団子は一串に四つだよな」

安東満三郎はそう言って首をひねった。

「それがどうされましたか、安東さま」

隣の隠居が問う。

「いや、何が判じ物になってるのか、まだ分かってねえから、とりあえずいろんな糸をたぐってみてるのよ」

「なるほど。そうやってるうちに、ほぐれてきましょうか」

「だといいんだが。……うん、甘え」

いつものせりふが出た。

大工衆にも出したが、こちらは土産にすると言う者のほうが多かった。安東のような者は例外で、たいていは女子供のほうが甘いものを好む。

代わりに、大工衆には喜ばれるだろうと思われる風変わりな品を出してみた。

角切り玉子だ。

まず、玉子を普通に茹でておく。できあがった茹で玉子の殻を剝き、もう一度熱い湯に浸ける。妙な段取りだが、ここが大事なところだ。

内側が一寸あまりの小さな箱を用意しておく。湯に浸けて柔らかくなった茹で玉子をぎゅっと詰め、しっかりと押さえて冷めるのを待つ。

こうすると、不思議や、丸い玉子が箱に合わせて四角くなる。これを半分に切り、塩と黒胡麻を振って食す。

酒の肴としてもまずまずいけるが、何より話の肴になる。家を建てる大工衆は、注文どおり喜んでくれた。

「こいつぁ知恵だな」

「丸い玉子が四角に化けやがった」

「頭は使いようだぜ」

大工衆はこぞって驚いた。

「家もこうなりゃ面白《おもしれ》えんだがよ」

「丸い家でもつくるのかい」

「家をどうやって茹でるんだよ」

なにぶん酒が入っている。話はどんどん取り留めがなくなっていった。

「まあそれはともかくとして、今度の普請場の話だ」

棟梁格の大工がそう言って、ふところから切絵図を取り出した。

どうやら今日は相談事で集まったようなのだが、いつもの調子で呑み食いをするばかりで、肝心の話題に入っていなかった。ようやくここから相談を始めるらしい。

それは一枚板の席も同じだった。粒餡団子とみたらし団子、それに砂糖をかけた包玉子、好物を存分に食べたあんみつ隠密は、「さて」とやおら座り直した。

「こたびは吉太郎さんが危難に遭ってしまったわけだが、ちょいときな臭えものを感じてな」

異貌の男があごに手をやった。

顔の造作は整っているのだが、人より長くてあごがとがっている。一度見たら忘れられない面相だった。

「と言いますと？」

時吉がたずねた。

「もう一度、訊いておこう。『さんざん、探したぞ』と言ったんだな、賊は」

「はい。間違いありません」

吉太郎が答える。

「ただの『探したぞ』じゃねえわけだ」

「はい、『さんざん』と言いました」

「初めて来たのにねえ」

おちよがなおも千吉をあやしながら言った。

「念を押すようだが、まったく見憶えがなかったんだな？」

安東がたずねた。

「笠で半ば顔を覆ってましたし、なにぶん暗かったのではっきりとは分からないのですが……」

そう前置きしてから、吉太郎は続けた。

「もし前に会って話をしたことがある人なら、気配で伝わってくるものがあったはずです。それに、お武家さまの知り合いはほとんどおりません。のどか屋に修業に入ってからお近づきになったのは、大和梨川藩のお二人くらいですから」

「その二人の武家に命を助けられたんだからね」

隠居が首をひねる。

どうも舟が前へ進まなくなってしまった。

みなが黙ると、物売りの声が耳に届いた。だんだん近づいてくる。

御膳《ごぜん》、竹林《ちくりん》、エー、麦めし……

何がなしに愁いのこもった声を響かせているのは、流しの麦めし売りだ。「すまし」と「とろろ」の二品がある。

ちょうどのどか屋でもとろろを使った料理をつくっているところだった。まもなく蒸しあがる。

床節《とこぶし》の淡雪仕立てだ。雪など降るはずのない季節に出すと、見るだけで納涼になる。塩を振って身を締まらせた床節を洗い、身を外して包丁目を縦に細かく入れる。それから斜めに薄切りにしておく。これを煮立てた酒に投じ、身が柔らかくなるまで煮る。

雪に見立てるのはとろろ芋だ。水に浸けてあくを抜いた芋は擂《す》り鉢《ばち》でよく擂る。味つけは塩、醬油、それに床節の煮汁もいくらか加える。

小鉢にまず床節を入れ、味のついたとろろをかける。そして、強火で蒸す。うち見たところはすぐできそうな料理だが、存外に手間がかかっている。その分だけ味が深い。酒の肴としては、まさに絶品だ。

「これでひと息入れていただければ」

蒸しあがった床節の淡雪仕立てを、時吉は隠居に出した。

「おれはこいつがあるからいいや」

安東が軽く手を振った。

あんみつ隠密の前には、まだ粒餡団子の串がたくさん置かれていた。この御仁、甘いものでいくらでも酒が呑めるという珍しいたちだ。

代わりに、何やらこみいった相談事をしていた大工衆に出した。

こちらには好評だった。

「見た目はさらっとしてるけど、手がこんでるねえ」

「床節が成仏してるよ」

「ほんとだ。床節が床に伏して極楽へ行っちまったぜ」

最後は地口《じぐち》になった。

貝の香りに誘われたのか、猫たちがわらわらと集まってきた。

「なんだい。おめえもいっちょまえに子を産むのか」

大工の一人がちのに語りかけた。もうだいぶおなかが大きくなっている。

「みゃ」

ちのがどこか自慢そうになく。

「そうなんですよ。ずっと子猫だと思ってたら、あっというまに母猫に」

やっと千吉を背中で寝かせたおちよが、やや疲れの見える顔で言った。

「のどかは今年はねえのかい」

「春先に何か悪いものでも食べたらしくて、しばらく具合が悪かったもので」

「そうかい。ま、のどかとちの、茶白の二匹の雌猫がむやみにお産をしたら、見世が猫だらけになっちまうがな」

「そうなんですよね。今度もうちにいない毛色の猫だけ残して、もらってもらおうと思ってるんですよ」

おちよはやまとをちらっと見た。これは黒白のぶち猫だ。

「なら、うちはかかあが猫嫌いだから駄目だが、普請先をあたってみるよ」

「うちなら飼ってもいいぞ。鼠が出て困ってるんだ」

「ああ、それはぜひ」

そんな調子で、生まれる前から早くも猫の引き取り先が決まってきた。

「今度はどんな猫が生まれるかねえ」

床節の淡雪仕立てをしきりにほめながら食した隠居が、ちのを指さして言った。

「縞猫とぶち猫がいますから、三毛猫がいいんじゃないかと思ってたんですが」

おちよが時吉の顔を見た。

「三毛猫ってのはたいてい雌で、牡猫はひどく珍しいんだそうです。また雌を残したら、どんどん子が増えていきますからね」

時吉が答える。

「なるほど、それも道理だ」

と、隠居。

「三毛猫の牡が生まれたら、都合がいいんですけどねえ」

「聞くところによると、千匹に一匹くらいしか生まれないそうでして」

「そりゃ福猫だ」

そんな話をしていると、粒餡団子を肴に呑んでいたあんみつ隠密がやにわに額に手を当てた。

「ちょっと待ってくれ」

何かに思い当たったような顔つきだった。

「どうされました、安東さま」

おちよがおずおずと声をかけた。

「いま何の話をしていた？」

手を額に当てたまま問う。

「何のって……ちのが子を産む話で」

おちよはいぶかしげな表情になった。

「その先だ」

「えーと、毛色は三毛がいいけど、三毛猫はたいてい雌で、そうすると……」

おちよが思い返しながら答えていると、あんみつ隠密は額から手を外し、どんと一つ檜の一枚板をたたいた。

「そうだ、三毛猫だ！」

時吉と吉太郎が厨で顔を見合わせた。

「は？」

おちよが目をまるくする。

「三毛猫のしわざだぜ、吉太郎さんを斬ったのは」

あんみつ隠密がそんなことを口走ったから、のどか屋にいる者はこぞってあいまいな顔つきになった。

なにぶん団子を肴に酒を呑む変わったお人だ。とうとう御座《ござ》ってしまわれたか……。

そう案じても不思議はない。

「ね、猫が化けたと？」

隠居がいくらか身を引いてたずねた。

「ああ、いや……三毛猫ってのは言葉のあやだ」

安東は顔をつるりとなで、ぱしっと一つおのがほおをはたいた。

「吉太郎さんが屋台を出してたのは、お玉ケ池の筋違いのところだね？」

隠密の顔で問う。

「はい。三つ辻があって……」

そう答えた吉太郎は、何かに思い当たったような顔つきになった。

「またすぐ三つ辻になるだろう?」

吉太郎は黙ってうなずいた。

「すると、旦那……」

隠居がまた顔を近づけてきた。

「判じ物が解けたぜ」

安東満三郎はにやりと笑った。

ここで大工衆が手を挙げた。普請場の相談事のために切絵図を持ってきた。よかったら使ってくれ、というありがたい申し出だった。

「おう、ここだ」

あんみつ隠密が、とん、とその場所を指で示した。

吉太郎が屋台を出していたお玉ケ池の筋違いの場所だ。

のどか屋の面々ばかりか、大工衆までまわりに集まってきた。

「見な。三つ辻が『三』、次の三つ辻が『三』、それを合わせたら『三三《さんさん》』になるじゃねえか。三毛猫の『三』でひらめいたんだ」

安東は「どうだ」と言わんばかりの表情になった。

「ああ、なるほど」

「さんざん探したわけじゃなくて、『三三』になってる場所を探したわけか」

「そりゃ、とんだ判じ物だぜ」

大工衆がうなる。

「でも、何のためにそんなことを？」

おちよが素朴な問いを発した。

「わからねえ。ただ……」

あんみつ隠密はそう言って、残っていた粒餡団子をわしっと嚙んだ。甘いものを食べれば食べるほど頭が働くらしい。

「実は、これは黙ってたんだが……前にもべつの屋台がやられたんだ。それで、吉太郎さんに『くれぐれも気をつけな』と言ったんだよ」

「はい、憶えています」

吉太郎がうなずいた。

「それはどこの屋台だったんです？」

時吉がたずねた。

「赤坂田町の成満寺《じょうまんじ》の近くだ。蕎麦屋の屋台がやられた。ちょうどこのあたりだ」

あんみつ隠密が指さしたところを、みなが覗きこんだ。

ちょうどそこも、三つ辻が二つ続いていた。

三三《さんざん》になっていた。

「こりゃあ、いったいどういう判じ物だい？」

「まるで見当もつきゃしねえ」

「おいらの頭じゃお手上げだ」

と、大工衆。

「どうあっても判じ物にしなけりゃならないわけがあったんだろうね」

季川がそう言って、ゆっくりと猪口を口元に運んだ。

「そのとおりですよ、ご隠居」

安東が軽くひざをたたいた。

「どこそこの屋台、と場所をかっちり決めて、何かのあきないをやったとする。そうすると、思わぬところから足がついて探り当てられてしまうかもしれない。そこで、『さんざん』つまり三つ辻が続く場所に出ている屋台を探せという判じ物にしておけば、うまく目をくらませることができる」

「その三つ辻に、たまたま吉太郎さんが屋台を出してしまったわけね」

おちよが気の毒そうに言った。

「そういうことになる。赤坂でやられた屋台もそうだったんだろう。実は、辻番から役人が駆けつけたときにはまだ息があってな。『武家にやられた』と言い残したらしい。それから、妙なことを口走って息絶えたと聞いた」

「どんなことを言ったんです？」

時吉が問う。

「『そんなものは売ってない』と」

「そんなもの？」

「それが何か告げる前に、息がなくなってしまったそうだ。その話を町方から聞いて、どうも臭《くせ》えと思ってな」

安東は顔をしかめた。

「旦那は何者で？」

「町方の隠密廻りじゃねえんですかい？」

「どうもただ者じゃねえみたいだ」

大工衆がさえずりだしたから、ここは内密にと場を収め、座敷に戻した。ただし、切絵図は話が一段落するまで借りておくことにした。

「とにかく、きな臭え話だ」

声を落として、安東は言った。

「売り買いの場所がどこか分からないようにして、ひそかにあきないが行われているらしい。扱われているのは、どうも尋常な物だとは思えねえ」

「団子と包玉子……」

吉太郎が少しふるえる声で言った。

「もう一回言ってくれ」

安東は何かひらめいたようだった。

「団子と包玉子……」

吉太郎は繰り返した。

「ははーん」

あんみつ隠密は何とも言えない表情になった。

「読めましたか？」

時吉が問う。

「読めた！」

あんみつ隠密はそう声をあげると、座敷のほうを振り向き、大工衆にちょいとにらみを利かした。

唇の前に指を一本立てる。

「おれら、口が堅いんで」

「旦那は見なかったってことで忘れまさ」

「酒を呑んだら、みんな忘れちまうもんでね」

気のいい大工衆はそう請け合った。

と言っても、話がどこぞかへ漏れたりしたら一大事だ。あんみつ隠密はしぐさで「耳を貸してくれ」と時吉に伝えた。

安東の話を聞いていた時吉の顔つきが、ふっと変わった。考えもしなかった謎解きだったからだ。

「おかみとご隠居には、あるじから話のついでに言っといてくれ。ただし、むやみに他言は無用だぜ」

「承知しました」

時吉はまだいくらかこわばった顔で答えた。

「で、そこまで察しがついたからには、何か手を打たなきゃならねえ」

あんみつ隠密は腕組みをした。

「二度あることは三度ある、と言いますからね」

「先に網を張っておくっていう手も考えられるな」

謎をかけるように、安東は時吉の顔を見た。

「『さんざん』の場所に、屋台を出すわけですね」

この謎はすぐ解けた。

「そうだ。三つ辻が続く場所にいくつか網を張っておけば、そのうち何も感づいていねえ魚がかかるはずだ。そいつをとっちめてやれば……」

あんみつ隠密は腕組みを解き、手拭を絞るようなしぐさをした。

「ひと肌脱ぎましょうか」

時吉は進んで言った。

「おまえさん……」

おちよの顔がいくらか曇る。

「弟子がむざむざとやられたんだ。それに、放っておいたら、またどこかの筋違いの場所で屋台がやられるかもしれない」

「見世はどうしなさる？」

隠居がたずねた。

「屋台を出すのは日が暮れてからです。それまではいつもどおりののどか屋で。肴は多めにつくっておけばいい」

「おちよさんだって料理人だからね。それはまあいいんだが……」

隠居はまだあいまいな顔つきだった。

「わたしのために、そんなことまでしていただくのは……」

吉太郎が心苦しそうに言う。

「いや、おまえのためにやるわけじゃない。大きく出るわけじゃないが、この江戸のためにやるんだ」

時吉はきっぱりと言った。

「ひょっとしたら、江戸だけじゃすまねえかもしれねえぜ」

安東はそう言って、ちらりと片目をつぶってみせた。

「江戸だけじゃすまないって……」

おちよの顔つきが変わる。

「こういうことだ。耳を貸せ」

時吉はおちよに判じ物の答えを告げ、子細を語った。

おちよは大きく一つ息をついた。

「そういうことなら、あたしはもう何も言いません。ただ……くれぐれも気をつけて、おまえさん」

おちよはそう言って、背中で寝ている千吉を見せた。

「分かっている。あの棒を持っていくから」

時吉は厨に立てかけてある堅い樫《かし》の棒を指さした。以前、あれを使って賊を撃退したことがある。

「相手は武家でしょう？　それも、二人組。棒だけじゃちょっと」

おちよはまだ心配そうな顔つきだった。

「だったら、包丁も持っていくか。ただ持っていくだけだと妙な感じだが……」

「巻き寿司はどうだい？」

隠居が知恵を出した。

「稲荷寿司なら切りようがないが、巻き寿司なら客の注文に応えていろいろな幅に切れる。太巻きから細巻きまで、さまざまに按配して目の前で切り分けて売る屋台にすれば、あるじが刃物を持っていてもおかしくはないだろう」

「さすがは、ご隠居。なら、それでいきましょう」

あんみつ隠密はすぐさま乗ってきた。

あれよあれよのうちに、話の段取りが決まった。

あとは、どこへ屋台を出すかだ。

「のどか屋から近くて、『さんざん』になってるところだな」

黒四組の組頭は心持ち目をすがめて、ひとしきり切絵図を見ていた。

その目の動きが、ふと止まった。

「ここだ」

と、安東は指さした。

第六章　花びら寿司

一

「なるほど、玉子を外にするわけだ」

一枚板の席から、人情家主の源兵衛が言った。

「みんな海苔で巻いてあったら、景色が同じになってしまいますからね」

時吉はそう答え、巻き簀《す》を端から丸めていった。

「おまえもやってみな」

と、吉太郎に声をかける。

「はい」

だいぶ傷が癒えてきた弟子が、同じ要領で太巻きをつくりだした。

斬られた右腕が動かせるかどうか案じられたが、どうやら大丈夫のようだ。ただ、まだ大事を取って重い物は持たせていない。

右手が使えないときは左手だけで包丁を使ったりしていた。それが習練になったらしく、傷を負う前より吉太郎の手つきはさまになっていた。

「蒲焼きも入るんだね。こいつぁうまそうだ」

例によって油を売りにきた寅次が言う。

「ただ、鰻《うなぎ》じゃないんですがね」

「えっ、鰻に見えるけど」

寅次が首をひねると、隣の源兵衛が笑った。

「その蒲焼きはちょいと前にいただいてね。ほんとに見てくれは鰻なんだが、実は違うんだ」

「なんだ、出遅れたね」

「本当は穴子なんですよ」

時吉が種を明かした。

「へえ、穴子かい」

「穴子が鰻に化けたので、化かし蒲焼きと呼んでます」

「そいつぁいいや」

そんなやり取りをしているうちに、太巻きができた。

まず四角い箱に薄めに入れて蒸した玉子を取り出し、巻き簀の上にのせる。その上に海苔を広げる。ここまでが外側になる。

続いて、寿司飯をまんべんなくのせる。あとは芯のところだ。細切りにした化かし蒲焼きにさっと塩茹でした三つ葉を添え、ていねいに巻きこんでいく。

「おお、いい感じだな。切り、もやってみな」

時吉は弟子に告げた。

「承知しました」

「なんだかしゃべり方がおとっつぁんに似てきたみたい」

おちよが笑う。

今日は昼どきのあと、千吉を連れて近くのお稲荷さんへお参りに行ってきた。早くつかまり立ちができますように、いずれは足を引きずってちょっとでも歩けるようになりますように、と短いあいだに祈り、裏手で乳をやってから戻ってきた。

吉太郎の切った太巻き寿司は、思ったよりそろっていていい出来だった。

「ここまで右手が動いてくれれば、もう大丈夫だ」

時吉が言うと、弟子はにわかに表情を崩した。

「左手でも、これくらいは切れます」

「二刀流だな」

元武士の時吉がそう言ったから、のどか屋に和気が生まれた。

太巻きが客に供された。座敷には職人衆がいる。次々につくらないと追いつかない。それに、今夜は初めて巻き寿司の屋台を出す。初めはたくさん並べないとさまにならない。時吉にうながされ、吉太郎は次の巻き寿司をつくりだした。

化かし蒲焼きの入った太巻きは、なかなかに好評だった。

「穴子ってのは鰻より上品かもしれないね。ことに、玉子に合う」

寅次が感心したように言った。

「海苔と三つ葉も、脇でいい味を出してるよ」

源兵衛も和した。

「まったくだ。さすがはのどか屋の料理だねえ」

「屋台もさぞや評判になるよ」

家主もいきさつは聞いていた。時吉が屋台を引いているときは、なるたけ見世に顔を出して盛り立てることになっている。

「でも、わざわざあるじが屋台を引くことはねえと思うがな」

「いくら料理人の初心に返るって言ってもよう」

「おかみさんは赤子の世話もあるんだから、大変じゃねえか？」

わけを知らない職人衆が口々に言った。

「まあ、巻き寿司の屋台が当たったら、お弟子さんに任せることもできますし」

おちよはちらりと吉太郎を見た。

「なるほど、そのための道づくりかい」

「なら、しょうがねえな」

「そのうち、見世を千ちゃんに任せて、おとっつぁんは屋台ってことになるかもしれねえぞ」

気のいい職人たちはすぐさま腑に落としてくれた。

太巻き寿司は次々にできていったが、なかには吉太郎がてこずったものもあった。

花びら寿司だ。

見てくれは普通の太巻きだが、ひとたび包丁で切ると花びらが現れるという小粋な寿司で、手先の微妙な加減が求められる。

作り方はこうだ。

紅色のでんぶで寿司飯に色をつけ、細巻きを五本つくる。これが花びらになる。花の芯になるのは固めにつくった玉子焼きだ。これを細く切って芯にし、それを取り囲むように五本の細巻きを按配して、形を整える。

紅いものを引き立たせるには青菜がいい。そこで、茹でてよく絞った小松菜の葉先を細巻きのすきまに入れていく。こうすれば、全体が丸く整ってくれる。

これを太巻きの内側にする。つまり、細工を施した花びらのところを海苔と寿司飯の上にのせ、ぐるりと巻きこんでしまうのだ。最後に包丁をいくらか濡らして一気に切れば、切り口から匂い立つような紅い花びらが現れる。

「こいつぁ驚いた」

寅次が声をあげた。

「手妻《てづま》を見てるみたいだね」

と、家主。

「こりゃ凄《すげ》え」

「たちどころに花を咲かせちまったぜ」

「きっと名物になるぞ」

「食ってもうめえ。でんぶの甘さと寿司飯がよく合ってら」

職人衆の評判も上々だった。

「この調子だと、ほかにもいろいろできそうだね」

源兵衛が温顔をほころばせた。

「ええ。のどか屋の『の』の字ならいろいろつくれそうです」

と、時吉。

「人の顔なんかはどうかって言うんです。おたふくとか」

おちよがほおをふくらませてみせた。

「そりゃむずかしそうだな」

湯屋のあるじがそう言って、なにやら物欲しげに近づいてきたやまとをひょいとつかみあげた。

「猫の顔はどうだい。耳とひげでなんとかならねえか」

「それは楽しそうですが、ちょいと難儀かもしれません」

時吉が答えたとき、のれんが開いて娘が入ってきた。湯屋のおとせだ。

「猫と遊んでるのも結構ですが、お父さま、そろそろ」

おどけた調子で言う。

「べつに遊んでるわけじゃねえや。……ほらよ」

床に放されると、ぶち猫は剣呑《けんのん》剣呑とばかりにぶるぶると首を振り、急いで前足をなめだした。

「あら、きれいなお寿司」

おとせの目がにわかに輝いた。

「のどか屋の新たな名物だよ」

源兵衛が言う。

「これは吉太郎さんが？」

おとせは厨に入っている若者にたずねた。

「いえ、なかなかうまくいかなかったので、師匠につくっていただきました。しくじったのは、おいらが食べます」

「じゃあ、それをちょうだい？」

おとせはかわいいしぐさで手を差し出した。

「え？　でも、うまくいかなかったものなので」

吉太郎はとまどいの色を見せた。

「それでもいいの。吉太郎さんががんばってつくったお寿司なんだから」

いくぶんほおを染めて、おとせは言った。

「出しておやりなさい、吉太郎さん」

千吉をあやしながら、何かを心得たような顔でおちよが言った。

「承知しました」

娘は父の隣に座り、やや形の崩れた花びら寿司をつまんだ。

「なんでえ、腹が減ってるのかよ」

寅次が言う。

「そう。おなかすいちゃって」

どこかとぼけた顔で答えると、おとせはいびつな花びらを口に運んだ。

「おいしい……」

「味は大丈夫だと思うけど」

吉太郎はいくらかあいまいな顔つきで言った。

「うん、すごくおいしい」

娘は華やいだ笑みを浮かべた。

ひとわたり花びら寿司を味わうと、おとせと寅次はのどか屋をあとにした。

巻き寿司は次々にできあがった。ただし、そればかりではいけない。肝心ののどか屋の料理もつくっておかなければならない。

茄子の印籠《いんろう》揚げに炒り雪花菜《きらず》、それに穴子の落とし、金時豆の甘煮。さまざまな料理の下ごしらえをしておく。

こうして、支度が整った。

日が西に傾き、江戸の家並みが切り絵のように濃くなっていく時分、おちよと吉太郎、それに客たちに見送られて、時吉は屋台を引いて岩本町ののどか屋を出た。

巻、寿、司

と、紅い提灯が三つ出ている。

そればかりではない。季川が餞《はなむけ》にしたためてくれた句の短冊も吊り下げられていた。

夏の宵この巻き寿司の彩りよ

あまりにも達筆すぎるから、さて幾人の客が読めるか、いぶかしいところだったが、ありがたく飾らせてもらった。

「おまえさん、くれぐれも気をつけて」

情のこもった声で、おちよが言った。

そして、いい音を響かせて切り火を切った。

二

岩本町から東へ進み、突き当たりの元岩井町で南に向きを変える。旅人宿の連なる一帯を抜け、通塩町《とおりしおちょう》の角でまた東へ曲がる。

それからしばらく歩けば、横山町《よこやまちょう》になる。その一丁目と二丁目のあいだに「さんざん」の場所があった。

切絵図を見たあんみつ隠密があたりをつけたのが、この場所だった。それを受けた時吉はここまで屋台を引いてきた。

車付きの屋台が鬼門なのは橋だ。上ってまた下るのがいかにも大儀だから、かついでいく屋台のほうがずっと小回りが利く。その点、横山町のここなら堀を避け、橋を一つも渡らずにたどり着くことができた。

時吉の巻き寿司の屋台は好評だった。あまりにも早く寿司が売れてしまって、やむなく引き返しておちよに驚かれたほどだった。

屋台を出す場所もよかった。横山町は両国広小路に近く、さまざまな見世がのれんを出していた。玉屋と並び称された花火屋の鍵屋もこの町にある。

夜でも人通りが絶えないから、屋台を出すにはうってつけの場所だった。その場で食べるばかりでなく、大川端の夕涼みの供にと買っていく客も多かった。そういう客には竹の皮に巻き寿司を包み、漬物を添えて渡してやった。

味ばかりでなく、時吉の包丁使いも江戸っ子の琴線《きんせん》に触れた。黒襟《くろえり》の唐桟《とうざん》の半纏を粋に着こなした料理人が、濡れた布巾で包丁を拭い、手前にスッスッと調子よく引きながら巻き寿司を切っていく。

ただ切るばかりではない。切り分けるや、すぐひねりを加えると、鮮やかな切り口が客の目に映るという寸法だった。

「こいつぁ評判どおりだ」

「季外《とき》れの花が咲いたじゃないかよ」

「それも、次から次に」

「粋だねえ。多めにくんな」

そんな調子で、変わり巻き寿司は飛ぶように売れていった。

夜でも往来のあるところだから、物売りも通りかかる。

えー、寿司やー、寿司ぃ……

そんな声を発しながら重箱をかついでいく寿司売りは、時吉の屋台をうらやましそうにちらりと見て通り過ぎていったものだ。

あきないが上々なのは喜ばしいことなのだが、時吉としては痛し痒しの思いもあった。わざわざ屋台を出したのは、弟子の吉太郎に傷を負わせた武家と対決するためだ。そのために包丁と短い棒を携えてきた。

だが……。

横山町の筋違いの場所はあまりにも人通りが多すぎる。よほど夜が更けなければ絶えることがない。その前に寿司が売れてしまうものだから、怪しい者と遭遇する機会がまったくなかった。

これはどうしたものかとおちよや常連と相談しはじめていたとき、やっとそれらしい着流しの武家が急ぎ足で近づいてきた。

すわ、と時吉は身構えた。

しかし、ほどなく力が抜けた。闇の中から姿を現したのは安東満三郎だった。

「なんだ、安東さまですか」

「『なんだ』とはあいさつじゃねえか」

あんみつ隠密は苦笑いを浮かべた。

「のどか屋へ寄ってから来たんだが、ずいぶんと繁盛してるみたいだな」

「ええ、おかげさまで。ただ……」

「ちと往来がありすぎたな、ここは」

安東はあたりを見回した。

「たしかに、怪しい判じ物を使ったあきないをするには、どうもにぎやかすぎるかもしれません」

時吉は首をかしげた。

「わかった。『さんざん』の場所は江戸にたんとある。町方にも声をかけて、網を張ってるところだ。売り上げは落ちるだろうが、べつの町へ移ってもらってもいいか」

「それはもう。賊を退治するために屋台を出したわけですから」

時吉はすぐさま答えた。

「なら、こないだ下見をしてきたところへ移ってもらおう。……お、一つくんな」

あんみつ隠密は花びら寿司をつまみ、口中に投じた。

そして、ひとわたり味わってから言った。

「うん、うめえ」


翌日――。

時吉の屋台は、場所を変えた。

吉太郎が斬りつけられたお玉ケ池から西へ足を延ばすと、元誓願寺前《もとせいがんじまえ》に出る。そこも三つ辻で南に少し下れば「さんざん」になるのだが、武家の屋敷の門前で、屋台などは出せそうな雰囲気ではなかった。

逆に北へ進んですぐの突き当たりを曲がり、しばらく進むと小ぶりの「さんざん」に出くわす。富山町二丁目の角だ。

こちらは町場ゆえ屋台も出せる。横山町に比べるとぐっと地味だから、賊が当たりをつけてもおかしくはなかった。

時吉は巻き寿司の屋台をこちらに出した。のどか屋でその旨を告げたところ、大和梨川藩の勤番の武士たちがさっそく訪れてくれた。

暗くても賊とは間違えなかった。偉丈夫の原川と華奢な国枝、影がでこぼこしているから見間違えることはない。

「ちょいと奥まってるので、探したぞ」

「大通りからは離れてるからな」

かつての同輩が言う。

「あきないを考えれば、元の場所のほうがよかったんですが」

と、時吉。

「それが眼目《がんもく》やないからな」

「悪党を退治してもらわんと」

二人の武家は郷土《くに》の訛りで言った。

「心構えはしています」

時吉は包丁を握った。

「しかし、本当の遣い手だったら、包丁ではそれこそ太刀打ちできないからな」

「そのあたりも、念のために備えを。辻番が意外に近いので」

時吉はふところからあるものを取り出した。

原川と国枝は、それを見て納得した顔つきになった。

こうして、しばらく経った。

月に暈《かさ》がかかり、日が落ちても生あたたかい風が吹く晩だった。

時吉の前に、ついに賊が姿を現した。

三

その晩の屋台には、新たな寿司が出た。

だんだん暑くなってくると、足の早い生《しょう》のものは出しづらい。そこで、それに見立てた寿司を考えて出すことにした。

まず薄焼き玉子をつくる。砂糖に塩、それに水に溶いた片栗粉を加えて生地を強くする。玉子は裏表を焼き、笊に上げて冷ましておく。

寿司飯には胡麻や細かくちぎった海苔を交ぜ、手のひらできれいに丸める。薄焼き玉子を四つ折りにし、一つ目を慎重に開いて寿司飯を詰める。

形が整ったら、金串で焼き目をつける。見立てられているのは、春の味の蛤《はまぐり》だ。

夏の晩に蛤をつまんで一杯というのも、なかなかに乙《おつ》だ。提灯の灯りに照らされ、蛤寿司の黄色があたたかく目に顕《た》つ。初めての客にもなじみの客にも、新たな寿司は好評だった。

「毎度ありがたく存じます」

近くの武家屋敷から使いにきていた小者に頭を下げると、時吉は寿司の置き場所を少しずつ変えていった。

まばらに残っていては見た目が悪い。客の目から見て、買いたくなるような按配にしなければならない。時吉は客の側に立ち、寿司の場所を細かく入れ替えた。

(これでよし……)

と、あるじの側に戻ろうとしたとき、うしろで足音が響いた。

振り向くと、編み笠をかぶった武家が二人、のしのしと近づいてきた。

来た、と時吉は思った。

二本を差していたときは、日々、剣術に励んでいた。その習練で身につけた勘は、いまだ衰えてはいなかった。

時吉は素早くあるじの側に戻り、包丁と棒の位置をたしかめた。

ほどなく、提灯の乏しい灯りが届くところに、二人の武家の姿が浮かびあがった。

ただし、どちらもあごを引いていて、口元しか見えない。

その分厚い唇が動き、声が発せられた。

「団子と包玉子をくれ」

いくらかしゃがれた、かすれた声が響いた。

(間違いない。

吉太郎を斬りつけたのは、こやつらだ。

団子と包玉子などをあきなっていないことは、屋台を見ればひと目で分かる)

だが……。

心のうちではそう思っても、時吉はすぐ拒みはしなかった。かねてより思案してきた芝居をすることにした。

「へい」

低い声で、時吉は答えた。

二人の武家の様子が変わった。どちらからともなくうなずく。

「あるのか?」

押し殺した声で問う。

「へい……」

時吉の心の臓が、きや、と鳴った。

危ない橋を渡っていることは承知していた。

しかし、ここを渡らねば、判じ物を解くことはできない。

通りに人気《ひとけ》はない。だれも助けには来ない。

「三つくれ」

武家の片方がそう言うと、もう片方がふところから巾着を取り出した。

屋台に置く。

ずしりと重そうだ。

「三つ、でございますね」

時吉は間をかせぐことにした。

「そうだ。六十両ある」

時吉は息を呑んだ。

（六十両……。

とすれば、一つ二十両。

やはり、これは……）

「早くしろ！」

武家が急かせた。

「へい……」

時吉の右手が動き、おもむろに樫の棒をつかんだ。

「こやつ、おかしいぞ」

もう一人の武家が気づいた。

「それらしい物がどこにも見当たらぬ」

そう言って、巾着をふところに戻す。

「さては、うぬはどこぞかの狗《いぬ》か」

武家の手が動いた。

棒をつかんだまま、時吉はあわてて飛び退《しさ》った。

時吉にも心得があるから、体が自然に動いた。居合の剣なら、刃先はたちどころに届き、喉笛を斬り裂いてしまう。

間一髪だった。

武家が抜刀した剣風を、時吉は肌で感じた。

下から鋭く斬り上げてきた刃が、つい鼻先をかすめていった。

「生かしてはおけぬ」

もう一人も抜刀する。

時吉は棒を構えた。

「ていっ」

正面から心の臓を狙って突いてきた剣を危うくかわし、斜め上から払う。

カン、と乾いた音が響いた。

「うぬらは何を買っている？」

間合いを取ってから、時吉は問うた。

「隠密か」

一人の武家が舌打ちをした。

「まずいぞ」

「口を封じねば」

そう言うなり、もう一人の武家が屋台を蹴り倒した。

包丁が地面に落ちる。

「死ねっ」

声を発すると、今度は上段から斬りかかってきた。

時吉は受けた。

だが、さしもの硬い棒も、剣の前にはひとたまりもなかった。

斬られた棒の先が闇に舞う。短くなった心もとない棒が時吉の手に残った。

一人の武家が手で笠を上げた。

血走った目が、ぎらりと覗く。

「見られたからには、生かしてはおけぬ。覚悟しろ！」

悪相の武家は、そう叫ぶなり凶刃《きょうじん》を振るってきた。

もう一人も応じる。

剣は二本。時吉の手には、短くなった棒しかない。

絶体絶命の窮地だ。

一瞬の判断の迷いが命取りになる。考えているいとまはない。

感じて、体を動かすのだ。

その習練を、時吉はかつて十分に積んでいた。

二人の武家の凶刃を危うくかわすと、時吉は柔《やわ》ら術《じゅつ》の受け身の体勢になった。

地に転がった時吉は、束の間、攻め手の視野から消えた。

その手に、触れたものがあった。

包丁だ。

地に転がっていたものの柄をつかむと、時吉は手首をひねり、下から思い切り投げ上げた。

「ぐえっ！」

包丁は武家の胸に刺さっていた。
時吉は二の矢を放った。
と言っても、もう武器の代わりになるものはない。
時吉がふところから取り出したのは、呼子《よぶこ》だった。用心のために、忍ばせてきたのだ。
強く吹く。甲高い音が江戸の町に響きわたった。
たちまち遠くで声が響く。
「しっかりいたせ。引け！」
包丁を引き抜くと、傷を負った仲間に肩を貸して、武家は逃げ去っていった。
時吉はなおも呼子を吹いた。
やがて、辻番から駆けつけたとおぼしい提灯が揺れながら近づいてきた。

第七章　冷やし味噌汁

一

「なら、もうあの屋台は御役御免だな」

一枚板の席で、長吉が言った。

時吉の危難の知らせを聞いて、今日は見世を弟子に任せてあわてて駆けつけてくれた。

「ええ、屋台を目印に探されたら困りますから」

時吉が厨から答える。

「包丁はどうしなすったんだい」

長吉の隣に座った隠居がたずねた。

「手になじんだ包丁でしたが、人を刺したものを料理には使えません。いずれ包丁塚にでも、と」

「ほんとに、お怪我がなくてよかったです」

汁の椀を按配しながら、吉太郎が神妙な顔で言った。

「その武家は深手を負ったんだろう？　きっと正体が分かるよ」

と、隠居。

「さっきちらっと安東さまが見えて、金瘡医を調べていると」

「そうかい。なら、旦那に任せておくしかないね」

「でも、ひょっとして仕返しにきたりしないかと心配で」

おちよが眉をひそめた。

「なに、また時吉がやっつけてやりゃあいいさ」

ことさらに軽く言って、長吉は所望したそうめんをたぐった。

いい下りそうめんが入ったから、今日ののどか屋ではそこここで白い花が咲いている。茹でかげんもさることながら、涼しげに見える盛り方も大事だ。器や薬味にも気を遣う。ぎやまんの皿にうねるようにぼっち盛りにした時吉のそうめんは、師も文句のつけようのないほどの出来だった。

「そんなわけにもいかないじゃない、おとっつぁん。千吉にもしものことがあったらどうするの」

おちよはそう言って座敷を見た。

ちょうどいまは野菜売りの富八の仲間がいる。日銭を稼ぎ終えたいなせな男たちは、座敷で這い這いをする千吉の相手をしてくれていた。

「おお、ここまで来な」

「前より速くなったじゃねえか」

「ずいぶんとひじが上がるようになったから上出来だ」

気のいい棒手振《ぼてふ》りたちが口々に言う。

小料理屋に生まれて人に慣れているせいか、千吉はまだはっきりしない言葉を発しながら上機嫌で畳の上を這いずっていた。

「まあ、当分は用心するに越したことはないな」

長吉が言った。

「はい」

「屋台には思い入れがあると言っても、安心が一番だ。ばらして捨てちまえ」

「家主さんと相談して、明日にでも」

「それがいい」

　ついさっきまで笑っていた千吉が泣きだした。こちらのほうへ向かってきた赤子を怖がった猫たちがわらわらと逃げたのに驚いたらしい。

「おお、よしよし。怖くないからね」

　おちよがさっそく抱っこしてあやしはじめた。

「どっちも怖がってるんだから世話はないや」

「そのうち、一緒に遊ぶようになるぜ」

「立って歩くのもな」

「猫がかよ」

「猫が歩いてどうするんだい」

　棒手振り衆の掛け合いが続く。

　そうこうしているうちに、汁物ができた。

　と言っても、あたたかい汁ではない。夏らしく、冷やし仕立てにしてあった。

「ほう、冷やしの味噌汁かい」

　隠居が顔をほころばせる。

「ええ。こっくりと三州味噌汁で」

時吉はぎやまんの椀に盛った汁を両手で下から出した。

まず、水に昆布を入れて火にかける。ぐらっと沸いたら昆布を上げ、味噌を手で細かく砕きながら鍋に投じる。こくと風味のある八丁味噌が入ったから、さっそく使うことにしたのだ。

火を弱めて何度かあくを取り、いい頃合いになったら削り節を投じる。昆布と鰹節、それに味噌のうまみが存分に出たうまい汁になる。

ていねいに漉《こ》した味噌汁は冷ましておく。さらに、薄手の瓶に入れて井戸に下ろせば、十分にひんやりとしてくれる。暑気払いにはもってこいだ。

具はさまざまに考えられるが、今日は白玉と茹でた蔓菜《つるな》をあしらってみた。白玉は味噌汁に少しつけ、味をなじませておくのが骨法だ。

「うまい……」

季川の顔がほころぶ。

「寒い時季のあったかい味噌汁も五臓六腑《ごぞうろっぷ》にしみわたるけど、こうして冷やしてもうまいんだねえ」

「もちっとした白玉とよく合ってる。大きさもいい」

長吉がうなずいた。

「ありがたく存じます。白玉は弟子にやらせたんで」

「そうかい。腕が上がってるな」

「毎日、いろいろ憶えることがあるのでありがたいです」

「死んだおとっつぁんとおっかさんの跡を継いで、またのれんを出すためだ。気張ってやりな」

「はい」

吉太郎は引き締まった顔で頭を下げた。

冷やし三州味噌汁は棒手振り衆にも大受けだった。みながお代わりを所望したからすぐなくなってしまったほどだ。

「おいらが卸した蔓菜だぜ。ちゃんと成仏してくれた」

富八が感慨深げに言った。

「成仏って、菜っ葉に生き死にがあるのかよ」

「そりゃあるさ。目のついてるものばかりじゃねえ。畑のものにだって、ちゃんと生き死にはある。そこんとこをわきまえてるのが、本物の料理人だよ」

「いいこと言うじゃねえか」

長吉の目尻にしわが寄った。

「活きのいい野菜を卸してもらってるので、椀の中で生き返らせてやらないと」

時吉が言った。

「ありがたいねえ」

「でも、椀に入ってる青いのがしゃべったりしたら目を回すぜ」

そんな調子で笑いの花が咲いているうち、のれんが開いて娘が入ってきた。

「あら、おとせちゃん」

おちよが声をかける。

「おとっつぁんはこちらじゃなかったですか？」

湯屋の娘はそうたずねたが、何がなしに芝居をしているような雰囲気もあった。

「まだ見えてないけど」

「質屋さんじゃないのかい？」

隠居が疑わずに言った。

「ああ、そうかもしれません。あとで寄ってみます。……あ、おいしそう。冷やしたお味噌汁？」

おとせは厨の吉太郎に声をかけた。

「ちょうど一杯余ってるから、どう？」

何のまじないか、左の二の腕に赤い紐の輪をかけた吉太郎がたずねた。

「うん、ちょうだい」

湯屋の看板娘は笑顔で答えた。

「番台に座ってるのもいいけど、のどか屋で見るとまた妙に色っぽいな」

「いけねえ。おいら、着物を脱ぎたくなってきたぞ」

そんな調子で囃し立てる棒手振り衆を「また今度」と軽くあしらうと、おとせは厨の中へささっと入り、吉太郎から冷やし味噌汁の椀を受け取った。

「こっちへ座りなよ」

吉太郎は酒樽を手で示した。

「よろしいですか、おじさん」

物おじしない娘が時吉に問う。

「ああ、いいよ」

「じゃあ、失礼して」

少し裾を気にしながら酒樽に座ると、おとせは冷やし味噌汁を呑みはじめた。

「おいしい……こんなの初めて」

おとせは花がぱっと咲いたような表情になった。

「お箸がいるね。白玉が入っているから」

吉太郎はややぎこちない動きで、箸をおとせに渡した。

「その白玉は、吉太郎さんがこしらえたのよ」

おちよが教える。

「へえ、きれい」

箸でつまんだ白玉をしげしげと見て、おとせは言った。

続いて、口中に投じる。

味のしみた白玉をねろねろと嚙むと、娘の表情がさらに華やいだ。

「おう、なんだか熱いじゃねえかよ」

「おとっつぁんを探しにきたんじゃねえだろう」

「隅《すみ》に置けねえな」

「湯屋で言ってやろう」

棒手振り衆がにわかに騒ぎだす。

「それだけは、ちょっと」

おとせは唇の上に指を一本当てた。

湯屋の娘が戻り、朝の早い棒手振り衆も腰を上げた。

日は西に傾き、のどか屋ののれんの藍色を美しく浮かびあがらせる。

凪《なぎ》のような時、おちよは背に負うた千吉に子守唄を聞かせながら打ち水をした。見世の前ばかりでなく、人が住んでいない斜向《はすむ》かいの家の前にも少し打ってやる。

戻ると、時吉が吉太郎に料理を教えているところだった。

「振り洗いは手早くな」

「はい」

吉太郎が動かす笊の中では、小柱が小気味よく踊っていた。その色合いで活きの良さが分かる。

「あとは胡瓜《きゅうり》だ。板摺りをしてから千切りで」

「承知しました」

千吉は長吉が受け取り、座敷であやし出した。時吉の見舞いというのは多分に方便で、よほど孫がかわいいらしい。

「嚙み味の違いの料理だね」

相変わらず一枚板に陣取っている隠居が言った。

「お察しのとおりで。これは芥子酢《からしず》で召し上がっていただきます」

酢と塩を合わせ、さっと煮立ててから冷ましておく。これに溶き芥子を加えたものを、小柱と胡瓜の上から最後にかければできあがりだ。

「お待ちどおさまでございます」

これは吉太郎が出した。

隠居が察しをつけたとおり、こりこりした小柱と胡瓜の嚙み味が絶妙に響き合った一皿だった。

「いいね」

「同じ『こりっ』でも舌ざわりと味が違うね。いや、参った」

「芥子酢がよく合いましょう？　ご隠居」

元はといえば長吉の料理だ。孫と遊んでいた料理人が言った。

「ほんとだよ。ぴりっとしててうまいや」

そうこうしているうちに、また客が入ってきた。

三人の客は、珍しく武家ばかりだった。二人は大和梨川藩の勤番の武士、いま一人は安東満三郎だ。

「たまたま、そこで一緒になってな」

あんみつ隠密はそう言って、隠居に手刀を切ってから一枚板の席に座った。

「わたしらはこっちで」

「夕方になっても蒸しますな」

原川と国枝はそう言って、座敷にどっかりと腰を下ろした。

「なら、そろそろ見世へ戻るか。……ほい、おっかさんのところへ行きな」

長吉は千吉をおちよに戻した。

くれぐれも気をつけろ、何かあったらうちを頼れと言い残して、長吉はわが見世へ戻っていった。時吉の元気な姿を見て、孫とひとしきり遊んだら、見世のことが気になってきたらしい。

「……うん、甘え」

来ることが分かっていたから、安東にはとっておきの品を出した。

白玉団子は多めにつくっておいた。冷やし味噌汁に入れないものは、角切りにした寒天と合わせた。丸と四角、白いものと半ば透き通ったもの、これまたなかなかに取り合わせの妙がある。

もちろん、これだけでは味がついていない。あんみつ隠密に出す品だ。存分に甘くしなければならない。

まず練り餡を配した。これに白玉と寒天をからめて食べれば十二分に甘いが、念を押すように砂糖の雪も降らせておいた。

「こりゃあ、こたえられねえや。ご隠居はいいんですかい?」

「わたしゃ芥子酢和えをいただいたばかりでね。あんまり目先が変わると頭がついていかないよ」

季川はそう言って、見事に白くなった髷に手をやった。

「お座敷には、同じ甘でも甘鯛で」

時吉は勤番の武士たちに甘鯛の一夜干しを炙って出した。

三枚におろして骨を取った小ぶりの甘鯛の身は、昆布のだしに塩を溶かしたものでよく洗う。それから盆笊に並べ、陰干しにする。

のどか屋には食い意地の張った猫がいるから、ときにはやられることもあるが、難を逃れていい具合に乾いた一夜干しはあごが落ちそうになるほどうまい。

これは焼くだけでいい。強火の遠火で、いくらか焦げ目がつくくらいに香ばしく焼き、大葉を敷いた器に盛って出す。

「こら、うまい」

「口福やねえ」

原川と国枝は同じように表情を崩した。

「その後どうだい、傷のほうは」

安東が吉太郎に声をかけた。

「おかげさまで、ずいぶんと右も動くようになってきました」

吉太郎はゆっくりと手を動かしてみせた。

「そりゃ、重畳《ちょうじょう》だ。また屋台ってわけにもいくまいが、そのうち見世も出せそうだな」

「いえいえ、まだ修業で」

弟子があわてて手を振る。

「料理屋で育っただけあって筋はいいので、どんどん憶えてますよ」

と、時吉。

「なら、のれんを出すのもそう先の話じゃねえや。ときに……」

あんみつ隠密はうしろを見た。

「ちょうど按配よく、いまはこれだけしかいねえ。ちょいと謎を解くかな」

黒四組のかしらは腕組みをした。

「と言いますと？」

千吉を揺らしながら、おちよが問う。

「屋台の二人組が口走った判じ物の謎解きさ。『団子と包玉子をくれ』」

異貌の男はあごに手をやり、芝居がかった調子で言った。

「気が入ると怖いね、旦那」

隠居がすかさず言う。

「すまん」

「で、その判じ物の答えは？」

「そもそも、何のために屋台でそんな判じ物を？」

勤番の武士たちが身を乗り出してきた。

「答えを聞いたら、『なんでえ』と思うような判じ物よ」

と、なおもいささか気を持たせてから、あんみつ隠密は謎解きにかかった。

「『団子と包玉子』、このかしらをつなげてみればいいんだ。団子の団、包玉子の包み。これをつなげたら『団包み』になる。これだけじゃ何のことかわからねえが、ちょいといじれば……」

「分かった」

原川が手を挙げた。

その手をゆっくりと下ろし、水平に構える。

「こいつだな」

原川は引き金を引くしぐさをした。

「そのとおり」

安東はひざを打った。

「『だんづつみ』をちょいといじれば、『たんづつ』になるじゃねえか。やつらが欲しがってたのは短銃《たんづつ》だ」

「それなら一挺二十両でも欲しがるでしょうね」

あらかじめ安東から謎解きを聞かされていた時吉が言った。

「でも、どうして屋台でそんなあきないを？」

おちよが首をかしげた。

「それは足がつかないように用心してるんだろう。どこから調達したのかまだ分からねえが、もし捕まったら間違いなくお仕置きだ。のれんを出した見世であきなうわけにはいかないやね」

安東はそう言って、残った白玉を口中に投じた。

「なるほどのう」

「長崎あたりの抜け荷かの。剣呑な話じゃ」

勤番の武士たちが顔を見合わせた。

「見世でご禁制の品をあきなうわけにはいかないから、『さんざん』の屋台にしたんですね。そこへたまたま屋台を出したばっかりに……」

時吉は吉太郎を見た。

「そうだったんですか」

血の気の失せた顔で、吉太郎は言った。

「それにしても、だれが短銃を調達してるんだ?」

「どこぞかの藩か」

「きな臭い話やな」

大和梨川藩の二人の顔つきが曇った。

「そのあたりは、これから入念に調べないとな。下手をすると一大事になる」

と、安東。

「いくさにでもなりましょうか」

案じ顔で隠居が問うた。

「そこまでやるような馬鹿な藩はあるまいが、こっそり備えだけはしてやがるかもしれねえな」

「短銃をそろえてか」

原川が腕組みをした。

「一挺二十両なら、千両ありゃあ五十挺の短銃が手に入る。黒船を一隻買うのに比べたら安いもんだ。五十人の短銃部隊が攻めこんできたら、こいつぁちと厄介だぞ」

「火縄銃とは違いましょうか」

隠居が腕を長く伸ばした。

「火縄銃はちと時がかかるが、短銃は小回りが利くだろう。矢継ぎ早に雨あられと弾が飛んできやがったら、いくら名刀を持ってたって宝の持ち腐れよ」

「剣の腕もそうだな」

「刀で弾を撃ち落とすわけにはいかんからのう」

勤番の武士たちが顔を見合わせる。

「そういった部隊がもし御城に攻めこんできたら、小人数でも厄介なことになる」

「御城へ、ですか」

時吉は包丁を動かす手を止めた。

吉太郎に要領を教えながらいまつくっているのは葛切りだ。本葛に水を少しずつ加えて練り、半日ほどあくを抜かなければならないから手間がかかるが、型に入れて蒸しあげて冷やすところまで進んでいた。

あとは舌ざわりのいい薄さに切っていくだけだ。これにはいささかこつが要る。初めのうち、吉太郎の切ったものは厚すぎたが、やっと按配のいい薄づくりになった。

「いや、御城と決まったわけじゃねえ。どこぞかの上屋敷かもしれん」

「そら困った」

「いきなり短銃部隊が乗りこんできたら、えらいことやぞ」

勤番の武士たちがうろたえる。

「そういうこともあろうかと、いろんなことを思案してるだけさ。ひょっとしたら、盗賊の一味に渡ってるかもしれねえ」

あんみつ隠密の眉間にしわが寄った。

「何にしても、剣呑なことですなあ。枕を高くして寝られませんや」

と、隠居。

「うちに押しこんできたらどうしよう、おまえさん」

おちよが千吉を守るようにして言った。

「こんな小料理屋へ短銃を持って押しこむことはないさ。どう考えても割に合わない」

「それもそうね。お金より猫のほうが多いくらいなんだから」

おちよがそう言ってやまとの首をひょいとつかみあげたから、やっとのどか屋に和気が戻ってきた。

葛切りができた。

ひんやりとしていて夏向けの食べ物だが、これだけで味があるわけではない。逆に言えば、上からかけるものによっていかようにも変わってくれる。

隠居と勤番の武士には酢醤油で、あんみつ隠密には餡と砂糖で、それぞれの好みに合わせて出した。

「うまいねえ」

「うん、甘え」

一枚板の席で、声が和す。

「でも、考えてみたら、短銃を仕入れたほうは難儀をしてるかもしれん」

葛切りを食してから、原川が言った。

「そら、そやな。短銃屋っていうのれんを出すわけにはいかん」

国枝がうなずく。

「そこで正体を隠した屋台を出したわけだが、もしずいぶん仕入れているとすれば、焦りが出てもおかしくはないな」

半ばは座敷のほうを見て、安東が言った。

「時さんの屋台の件もあったし、警戒もするだろうしね」

隠居がうなずく。

「そうすると、いかなる手を打ってきましょうかな」

「大口を当たるとか……」

勤番の武士たちの話の途中で、安東がひざを打った。

「それだ！」

あまりにばしっと音を立てて打ったから、たまたま近くにいたのどかがびくっと背中を丸めた。

「大口に売りこめれば、一つずつ屋台で売りさばくより利が出ますな」

と、隠居。

「そのとおり。勤番の武士が出入りしている料理屋なんぞに網を張り、近づきになったあと、やおら『お手前がたの藩では、短銃の要り用はござらぬか。安くしておきますぞ。ぐふふふ』と」

「真《しん》に迫りすぎですな、旦那」

隠居が何とも言えない顔つきになった。

座敷の武家たちも顔を見合わせた。

「ひょっとしたら、うちのとこにも来るかもしれんな」

「ま、来たところで、貧乏な藩にはそんな金はないが」

「そもそも、山間の小藩に何か野心があるわけではないからのう」

「お取りつぶしの火種になりかねない武器などは願い下げじゃ」

「まったく」

二人の考えは一致した。

「じゃあ、おとっつぁんにも言って、網を張ったほうがいいわね」

おちよが言った。

「それは頼む、おかみ。こちらの師匠の弟子は多い。その見世で網を張っていれば、そのうち引っかかるかもしれねえ。もちろん、黒四組も大車輪でやるぜ」

安東はそう言って二の腕をまくった。

第八章　筏《いかだ》巻き

一

ちのがお産をした。

たくさん生まれた子猫のうち、大工衆などの先約のあったところへ順次渡していくと、二匹の猫が残った。

一匹はのどかから代々続く茶と白の縞猫、いま一匹は三毛猫だった。もちろん、きわめて珍しい牡の三毛ではない。どこにでもいる雌猫だ。

「なんだか母親らしくやってるじゃないか」

一枚板の席で、隠居が目を細くした。

ちのはわが娘の首筋をくわえてどこぞかへ運んでは体をなめてやっている。甲斐甲《かいが》甍《い》しい母猫ぶりだ。

「のどかが近寄ったら、ふーって言って怒ったりするんですよ」

おちよが笑う。

「のどかだって、孫と遊びたいでしょうにね」

隠居の隣で、人情家主の源兵衛が言った。

「なるほど、のどかもおばあちゃんになったんだねえ」

「早いものですね、ご隠居」

厨で手を動かしながら、時吉が言った。

「ほんとにあっと言う間、この子も早くそうなるといいんですけど」

座敷で這い這いをしていたと思ったら急に泣きだした千吉をあやしながら、おちよが言った。

「それはそうと、この猫たちはどうするんだい？　どちらも雌だと、まただんだんに増えていくよ」

まだ危なっかしい足取りでひょこひょこ歩いている三毛の子猫を指さして、源兵衛が問うた。

「来月、吉太郎が出す見世に一匹どうかと言ってるんです」

時吉は弟子を見た。

「ほう、そりゃいい」

「茶白の縞猫は福猫らしいので、飼わせていただければと」

吉太郎がていねいな口調で言った。

「なら、のどかから数えて三代目だね」

「きっと福猫になるよ」

「三毛猫はどうするんだい？」

隠居がおちよにたずねた。

「初めはどなたかに、と思ってたんですが、ちのがあんまりかわいがってるもんで、全部取り上げるのはかわいそうかなと」

おちよは猫を見た。

母親になりたてのちのは、子猫がむやみにかわいいらしく、首筋から三色がうまい具合に入った耳のあたりまで、何度もなめてやっていた。おかげで、子猫はいささか迷惑そうだ。

「はは、それもそうだね」

隠居が笑った。

ほどなく、どやどやと大工衆が入ってきて座敷に陣取った。普請をひとつ終えたばかりで、みな上機嫌だ。

「来月、吉太郎さんが見世を出しますので、ひとつよろしくお願いします」

おちよが如才なく宣伝する。

「おお、そうかい」

「そいつぁよかった」

「どこに出すんだい？」

棟梁格の男が問う。

「ここから二町ばかり離れたところで、湯屋さんの斜向かいになります」

「へえ、同じ岩本町かい」

「ええ、家主さんに探していただいて」

おちよは源兵衛のほうを手で示した。

「あんまり間口《まぐち》は広くないんだがね。湯屋もあって、前を人が通るから、あきないにはよかろうと」

家主が一枚板の席から言う。

「なら、同じ町にのどか屋が二軒になるのかい？」

「そいつはちと食い合わねえか？」

大工衆はけげんそうな顔つきになった。

「のどか屋ののれん分けというわけじゃないんです。同じような小料理屋を出しても、食い合ってしまいますから」

時吉が言った。

「寿司とおにぎりの見世を出させていただくことになりました。どうかよしなに」

その脇から、吉太郎があいさつした。

「ほう、寿司かい？」

「握りか？」

「いえ、屋台で修業した巻き寿司とおにぎりを、屋根のある見世でお出ししようと、師匠と相談して決めました」

吉太郎は巻き簀を操るしぐさをした。

「ほう、そりゃあいい」

「持ち帰ったりできるのかい？」

「ええ、もちろん」

得たりとばかりに、おちよが言う。

「竹の皮に包んで、お寿司でもおにぎりでもお持ち帰りができます。折詰もできますので、行楽のお供にもうってつけですよ」

「おう、そりゃ重宝だ」

「この秋の紅葉《もみじ》見物には間に合うな」

「見世では食えねえのかい？」

棟梁が訊く。

「のどか屋と同じ、一枚板の席を按配しますので。あいにく狭くて、座敷は造れないんですが。……はい、お待ち」

時吉は次の肴を隠居と家主に出した。

穴子の柚子《ゆず》焼きだ。今日はいい穴子が入ったから、吉太郎がつくる巻き寿司にも使っている。

時吉の料理は奇をてらわず、穴子を蒲焼き風に仕上げた。まず白焼きにし、命《いのち》のたれに醬油と味醂を足して煮立ててから冷ましておいたたれに浸け、二、三度香ばしく焼く。

このまま、「どうだ、蒲焼きでございい」とまるまる出してもいっこうにかまわないところだが、のどか屋は小料理屋だ。小料理ならではの心意気がある。

蒲焼きを食べよい大きさに切り、細かくせん切りにした青柚子を散らして出す。この細工だけで、なんとも小粋なひと皿になる。

「うまいねえ。青柚子の香りがよく効いてるよ」

と、隠居。

「彩りもいいね。穴子が成仏してるよ」

家主も和す。

「おーい、こっちもくれ」

「見てるだけじゃ殺生だ」

「よだれがたれてきやがった」

大工衆が口々に言う。

「はいはい、ただいま」

おちよが笑顔で運んでいった。

続いて、吉太郎が巻き寿司を出した。穴子の蒲焼きとともに、細切りにした胡瓜を巻きこんだ品だ。

時吉と相談してこしらえた「あなきゅう巻き」も、ずいぶんと評判だった。

「これもまた嚙み味の違いがいいね」

「味の違いもいいですよ、ご隠居」

「蒲焼きと胡瓜というのは、存外に合うんだねえ」

一枚板の席で花が咲く。

「これなら繁盛間違いなしだ」

「いくらでも胃の腑に入るぜ」

「口ん中で、穴子と胡瓜が夫婦になるみてえだな」

座敷の大工衆の評判も上々だった。

「ところで、見世の名はどうしなさるんで？」

源兵衛が時吉にたずねた。

「ええ、吉太郎の望みで、もう名は決まってます」

「それはわたしもまだ聞いたことがないね」

と、隠居。

「小菊《こぎく》、という名前にさせていただくことになりました」

吉太郎が明かした。

「ほう、そりゃ小粋な名だね。いわれはあるのかい？」

「父が小吉《こきち》、母がお菊《きく》だったので、名を合わせました」

「そうかい……親孝行になるね」

情のこもった声で、隠居は言った。

「もう、孝行はできませんが。おいらが見世にいなかったばっかりに……」

まだ悔いの残る顔で、吉太郎は答えた。

「孝行になってるさ。どこかで見守ってくれてるよ」

人情家主がかけた言葉に、吉太郎は少し遅れてうなずいた。

その後も巻き寿司の披露が続いた。

変わったたねもいいが、本筋のところをきちんと押さえてこそだ。そこで、時吉は干瓢《かんぴょう》巻きをつくらせることにした。太巻きにも入れるが、細巻きの干瓢一本でも客を引きつけなければならない。

「寿司飯づくりや干瓢の仕込みから、すべて吉太郎にやらせました。気になるところがありましたら、どうか遠慮なく言ってやってくださいまし」

時吉が客たちに言った。

「お願いいたします」

いくらか緊張の面持ちで、吉太郎が皿に盛った干瓢巻きを座敷と一枚板の席に運ぶ。

枯れた笠間の皿に、筏の趣《おもむき》でほどよく切った細巻きを積み、ほんのりと紅い生姜の甘酢漬けを添えてある。

「うん、しっかり味が染みてるね。年寄りの歯でもすんなり切れる」

「それでいて、歯ごたえはちゃんと残ってますね、ご隠居」

「いい煮加減だよ、吉太郎さん」

「ありがたく存じます」

吉太郎は一枚板の席に頭を下げた。

「ちょいと飯が硬すぎねえか？」

「そうかい？　おれにはこれでちょうどいいがな」

「酢が浅いような気もするけどよ」

「持ち帰りで出すんなら、もうちょいときつくしたほうがいいぜ」

「そうそう。だんだん抜けていくかもしれねえからな」

座敷の大工衆はいろいろと注文を出した。文句を言われても、吉太郎は頭を下げていちいち礼を言っていた。

そんな弟子の姿を、時吉は目を細くして見ていた。

おちよとまなざしが合った。

（これなら大丈夫だ）

（あとはのれんを出すだけね）

（うまくいくといいな）

（うん）

表情だけで、そんな会話になった。

「ここまで膳立てが整ってるんだから、宣伝もしないとね」

頃合いを見て、隠居が言った。

「そうだねえ。同じ料理でも、宣伝の仕方によってずいぶんと変わってくるから。たとえば……」

源兵衛は一つ残っていた干瓢巻きを箸で示した。

「こりゃあただの干瓢巻きだが、初めは皿に筏みたいな趣でのってくる。なら、筏巻きにしちまえばいい」

「なるほど、そのほうが風流ですね」

と、おちよ。

「干瓢巻きだといくら食べても干瓢巻きだけど、筏巻きだと思いもかけないところへ流れていくみたいだね」

隠居がうなずく。

「味は流れていきますから。どこへでも、むかしにだって」

時吉は言った。

「たしかに、なつかしい味がするよ」

最後の干瓢巻き、いや、筏巻きをほお張った家主が言った。

「筏巻きのこの甘酸っぱい味が、むかしへつれてってくれるわけだ」

「そうそう、おめえのかかあと知り合ったころによ」

「まだいまみてえに腹が出てなかったころへか」

座敷の大工衆がどっとわいた。

「ともかく、引札《ひきふだ》をつくるかね。かわら版みたいな刷り物にして配ればいい」

頃合いを見て、隠居が提案した。

「かかりも要《い》りますし、そこまでしていただくわけには」

吉太郎は申し訳なさそうな顔つきになった。

「遠慮はしなくていいさ。何事も初めが肝心だ」

と、時吉。

「斜向かいの湯屋さんでも宣伝していただけるといいわね」

「はい……」

おちよの言葉に、吉太郎は少しほおを染めて答えた。

「おい、ちの」

子猫をくわえてきた猫に、時吉は声をかけた。

「三毛を一匹残してやるから、その子は吉太郎のところへ快くやってくれ」

「そんな、猫に言ったたって、おまえさん」

おちよが笑う。

「猫ってのは、案外、人の話を聞いてるんだ」

「そうかねえ」

話の的になっていたちのは、子猫を放すと、しょうがないわねえとばかりに毛づくろいを始めた。

二

「こちらも、よろしゅうお願い申し上げます」

湯屋の看板娘が笑顔で刷り物を渡した。

「おう、精が出るな、おとせちゃん」

「よそのあきないの宣伝までしてるのかよ」

客が口々に言う。

「ええ。斜向かいなので、ときどき売り子もやらせてもらうつもりです」

「へえ、売り子も」

「そりゃ、繁盛するな」

「寿司も包んでくれるのかい？」

刷り物を見た客がたずねた。

「そんなことが書いてあるのかよ。おいら、絵しか分からねえから」

無筆《むひつ》の男が笑った。

刷り物になった引札には、こう記されていた。

巻寿司　むすび
御持ちかへり有り升《ます》
岩本町湯屋向　小菊

「にぎり」だと握り寿司とまぎらわしいから、おむすびの「むすび」にした。

さらに、隠居が餞《はなむけ》につくった発句《ほっく》がしたためられていた。

のどかなる小菊のかほりどこよりぞ

長閑《のどか》は春で、小菊は秋、季が違うが、そこはそれだ。端のほうには、品のいい小菊の絵が描かれている。これはよろずに器用なたちのおちよが描いた。


「見世はいつからやるんだい？」

「月が改まりましたら、すぐに」

「そうかい。なら、寄らしてもらうぜ」

「どうぞよろしゅうに」

おとせのかわいく結った髷がひょこりと動いた。

「なんだ、おかみみてえじゃないか」

「そのうち、ほんとにそうなるんじゃねえだろうな？」

客が口々に突っ込む。

「さあ、どうでしょう」

おとせは笑みを浮かべて軽くいなした。

小菊の普請は滞《とどこお》りなく進んでいた。

見世の顔になる一枚板は、縁のある大工に頼んだ。かつてのどか屋を手伝ってくれていたおきくの兄の親平《しんぺい》は、前はどうも頼りない腕の大工だったが、場数《ばかず》を踏んだおかげでいつのまにかめきめきと腕を上げていた。時吉が声をかけると、親平は意気に感じて頑丈な檜の一枚板の席をこしらえてくれた。

軒行灯ものれんもできた。売り物の巻き寿司に日が当たらないように、簾《すだれ》も抜かりなく掛けた。

こうして、菊の香りにはまだ早いが、初秋の吉日《きちじつ》、吉太郎の「小菊」は晴れてのれんを掲げた。

名こそ違うが、弟子の門出だ。初めが肝心だから、時吉とおちよはのどか屋を休みにしてまで加勢に来た。見世の前には、引札代わりの貼り紙を出した。

「さあさ、おいしい巻き寿司ですよ。お見世で食べても、お持ち帰りでも、お代は同じ。みなさん、寄ってらっしゃい、食べてらっしゃい」

背に千吉を負うて、おちよが呼び込みをする。

「小菊自慢の干瓢巻きですよ。お一ついかが？」

見世の名に合わせて、菊の模様の手絡《てがら》をかけたおとせが、皿にのせた干瓢巻きを道行く者たちに差し出す。

その様子を、斜向かいの湯屋から、父の寅次が案じ顔で見ていた。

「おい、おとせ。あんまり無理に押しつけんなよ」

「大丈夫よ、うちのあきないなんだから」

「それに、ただで配ってたら損するばっかりだぞ」

「分かってないわねえ。初めは損したって、うちの見世の味が気に入ってしょっちゅう買ってくれるようになったら得になるじゃないの」

その言葉を聞いて、厨で巻き寿司をつくっていた吉太郎と時吉は思わず目と目を見合わせた。

「しっかりしてるじゃないか」

「はい。助かります」

若者はそう言って、いい手つきで巻き簀を動かしはじめた。屋台で斬りつけられた右腕は、養生の甲斐あってすっかり元に戻っている。

見世の立ち上がりを案じたのは、時吉だけではなかった。そのうちふらりと長吉もやってきた。

「橋向こうに弟子の見世もあるから、例の話をしがてら、ついでに見にきた。どうだい、調子は」

豆絞りの料理人が声をかけた。例の話、とはもちろんあんみつ隠密が追っている短銃の件だ。

「ええ、お客さんに大勢来ていただいて、ありがたいことです」

吉太郎が頭を下げる。

「その心がけを忘れるな。初心が何より大事だからな」

「はい、大師匠《おおししょう》」

吉太郎は長吉をそう呼んだ。

「ちょいとむすびを一つくれ」

鍛えの入った手が伸びてくる。

古参の料理人が試食したのは、海苔で巻いた何の変哲もないむすびだった。おぼろ昆布やおかかをまぶしたもの、漬物の彩りが鮮やかなものなどもあるが、味は最も簡明なもので量《はか》る。

「うん、飯の塩かげんも、飯の炊き具合もちょうどいい。おまけに、海苔もぱりっとしてら」

「ありがたく存じます」

吉太郎はほっとした顔つきになった。

「見世では酒も出すのか？」

「いえ。腰を落ち着けるより、手早く召し上がっていただくようにと、お酒は置かないようにしています」

「厨が広くないもので、酒の肴までつくるとなると大変で」

知恵を出した時吉が言い添える。

「そうかい。そりゃ、ちょうどいいかもしれねえな」

「汁の持ち帰りはできませんので、ここで巻き寿司やおむすびと一緒に召し上がっていただきます」

と、吉太郎。

「味噌汁かい？」

「はい。毎日、具を変えてお出ししようと思っています」

「できれば、二品つくってお客さんに選ばせるほうがいいな。さっぱりかこってりか、好みやその日その日の気分で違ってくるだろう」

長吉の言葉に、まず時吉がうなずいた。

「赤の割りによって、ずいぶんと違ってきますからね」

「そうだ。三州味噌は入るだろう？」

「それはうちにってがありますので」

　時吉が答える。

「なら、赤だしや袱紗《ふくさ》から、ほんの赤ざしまで、思案しながらちょっとずつ変えて出していけばいい」

「袱紗と申しますと？」

　吉太郎がたずねた。

「白味噌と赤味噌の割りがまったく同じなのが袱紗だ。二枚の布を合わせる袱紗に見立ててるわけだな」

「なるほど」

　孫弟子は得心のいった顔つきになった。

「まったく同じでなきゃ袱紗とは呼ばないぞ。いくらかでも違ったら、そりゃあただの合わせだ」

「はい」

「赤ざしってのは、白味噌仕立てにほんのちょびっと赤味噌を加える汁のことを言う。

紅をさすみたいに、赤をさすわけだ」

長吉は唇にちらりと指をやってから続けた。

「もう一つ、赤がちってのもある。赤ざしと袱紗の真ん中くらいだな。赤がかってるから、赤がちと呼んでる」

「そのいろいろな味噌の按配を、具に合わせて変えるんですね」

吉太郎は引き締まった表情になった。

「そうだな。夏の真っ盛りには冷やし味噌汁もいいが、これからだんだんに冷えてくる。今日は一つだけ教えてやろう」

「お願いいたします」

孫弟子は頭を下げた。

「豆腐と葱だけですぐできる赤だしだが、これがまた、うなるほどうまい」

長吉はそう前置きして、豆腐の崩し汁のつくり方を伝授した。

油を引いて、豆腐の片面だけをこんがりと焼く。その焼き目のついたほうを上にして椀に盛り、あつあつの赤だしをひたひたになるほどに張る。

仕上げは小口切りにした葱だ。これは白いほうがいい。しみったれずにたくさん盛ってやれば、椀に奥行きが出る。

客は豆腐を崩しながら汁を呑む。崩し汁の名がつくゆえんだ。赤味噌の深みとさっぱりした豆腐と葱が合うのは当たり前だが、焼き目をつけるひと手間が絶妙に効いてくる。

「聞いただけでおいしそうです。今度つくってみます」

吉太郎は屈託のない笑みを浮かべた。

三

小菊の幕開けは上々だった。

のどか屋や湯屋の宣伝もあって、書き入れ時には見世の前に人が並ぶまでになった。

「ちょいと小腹が空いたときにちょうどいいやね」

「毎日食ってもいいぞ。巻き寿司のたねだけでもいろいろあるからな」

「そうそう、いっぺんに食いきれねえ」

「湯に入《へえ》って、おむすびを食いながら帰るんだ。こいつぁ極楽だぞ」

そんな調子で、客の口から口へと評判が伝わっていった。

一枚板の席も、初めのうちはだれも座らないから空いたままになっていたが、おとせが朋輩《ほうばい》を呼んでくれたおかげでだんだんに埋まるようになった。

同じ一枚板の席でも、酒が出るのどか屋とは客の顔ぶれが違った。おとせの朋輩からの縁が多いこともあって、日が高いうちは習いごとの帰りの娘たちがよく通《かよ》ってくれた。

夕方からは、湯上がりの客が折にふれてのれんをくぐる。湯屋の二階では菓子くらいのものしか出ない。煮炊きをする食べ物を出すのは、火事の恐れがあるからご法度《はっと》になっているからだ。

湯屋では腹にたまるものを食べられないから、代わりに小菊で巻き寿司かおにぎりをつまむ。これがいい按配に一つの流れになった。

「まるで湯屋の出見世みたいだね」

「看板娘も同じだから」

顔を見せてくれた隠居と人情家主が、そんな話をしていた。

「お客さんによく言われます」

厨で手を動かしながら、吉太郎が答えた。

「客も湯屋とこちらを行ったり来たりしてるみたいだね」

隠居が身ぶりで示す。

「ええ。見世が狭くてはばかりがないもので、湯屋さんに行かせていただいています」

「なら、寅次さんとしょっちゅう顔を合わせてるわけだ」

と、源兵衛。

「はい。よく声をかけていただいてます」

「おとせちゃんのことで、何か言ってるかい？」

「い、いえ……まあ、そのあたりは」

吉太郎はいくらかあいまいな返事をした。

ほどなく、汁ができた。

長吉から教わった豆腐の崩し汁だ。

「こりゃ絶品だね」

「焼いてぱりっとさせてあるところが、ことにうまい」

「きっと名物になるよ」

早くもお墨付きが出た。

その晩、最後の客を見送った吉太郎は、厨で仕込みを始めた。

住むところは人情家主の計らいで、長屋を按配してもらった。暮らしているのはみな気の置けない人たちで、小菊にもよく顔を出してくれる。

ひと晩寝かせておくものの仕込みをし、準備を万端整えてから長屋に帰るのが常だった。遅い食事もする。余り物で腹を満たすことにしているが、ありがたいことに、このところはさほど残らなかった。

どの品が売れ残ったか、作り手が食べてみてたしかめるのは、ずいぶんと勉強になる。今日は黄菊を青菜と海苔で巻きこんだ秋らしい品を出した。切り口が鮮やかで、感嘆の声はもれていたが、存外に売れ残ってしまった。

やはり、奇をてらいすぎてもいけないらしい。基本は寿司飯だ。そのあたりを外したら、お客さんはなかなかついてきてくれない。

それに……。

吉太郎は小首をかしげた。

少し青菜を茹でるときの塩かげんがきつすぎるような気がした。食用の菊にも苦みがあるから、いくらか舌に引っかかる。

みゃあ、と表で猫がないた。

まるで、そうだね、と言わんばかりのなき声だ。

　のどか屋から引き取ってきた茶と白の縞柄の子猫は、初めこそ落ち着かないそぶりで母猫のちのを探していたが、三日も経たないうちにおとせになついて喉を鳴らすようになった。

　子猫向けにつくってやったえさを食べ、水を呑む。いまはもうすっかりわが物顔になっている。

　のどかの孫だから、名はまどかにした。世の中や見世が円《まど》かになるようにという願いもこめてある。

　見世の前に小ぶりの樽を出し、寝心地の良さそうな布を敷いてやると、まどかはさっそく寝るようになった。

「丸くなって、気持ち良さそうに寝てるなあ」

「そりゃ、名前がまどかだからね」

「この猫、のどか屋にいるのどかの孫なんだよ」

「へえ、そうなんだ。のどかは結構な歳なんだな」

「聞いたら怒られるよ」

「ふーっ、てか？」

　見世の前を通りかかる者たちがそんな話をする。

ときには猫をなでているうちに、寿司飯の香りに誘われて買ってくれることもある。まどかは早くも看板猫になっていた。

おとせものどか屋から子猫をもらったことがあるから、まどかには身近に親戚筋の猫がいた。それなら安心だと吉太郎とおとせは話をしていたのだが、縄張りのかげんがあるのか、あいにく二匹の猫は顔を合わせるたびにけんかをしている。

おとせとはほかにもさまざまな話をした。かつて神隠しに遭った話も聞いた。そのあたりはどうあってもしゃべれないらしく、肝心なところは教えてくれなかったが、小菊は間違いなくうまくいくと自信たっぷりだった。

「だって、こういうお持ち帰りの見世はどの町にもあるから」

ときどきおとせは千里眼《せんりがん》のようなことを口走る。

「あんまりよそにはないと思うけど」

吉太郎がけげんそうに言うと、おとせは「いけない」という顔つきになって、笑ってごまかすのが常だった。

黄菊巻きはまだいくらか残っていたが、吉太郎は仕込みに戻った。

水をきちんと量って干し椎茸を戻す。天日干しにした椎茸は、生のものより格段に風味がある。ひと晩浸けておけば、椎茸はむろんのこと、戻し汁も使える。

「いいだしが取れるんだぞ、椎茸ってやつは」

だしぬけに、父の声が響いたような気がした。

見世を継ぐほどまじめに修業はしなかったが、折にふれて厨には入った。父と母から受けた教えで、まだ憶えていることはたくさんあった。

「煮物のだしにすると、深《ふけ》え味になるんだ」

父の声がよみがえってくる。

ああ、そうだった、と吉太郎は思い出す。

最後に食べた見世の料理だ。

あれは人参と小芋の煮物だった。ほどよく煮えた具が、さくっと口の中で崩れる。

あの歯ざわりを吉太郎は思い出した。

「この芋はうめえな」

客の一人が言うと、

「ありがたく存じます」

と、母はうれしそうに答えた。

あのときの笑顔が、ついそこにあるかのようだった。

それから、三日しか経たなかった。

父も母も、そして見世も、火に呑まれてしまった。

「すまねえ……」

どこへともなく、吉太郎は頭を下げた。

賭場にいた自分は助けることができなかった。むざむざと死なせてしまった。この世にはもう父も母もいない。

ふっ、と外から風が吹きこんできた。

まだ水に浸けたばかりなのに、椎茸の戻し汁を入れただしの香りが漂ってきたような気がした。

軒行灯の灯は消してある。「小」「菊」と染め抜いたのれんも半時前にしまった。見世の中を照らす灯りは乏しかった。

吉太郎は瞬きをした。

一枚板の席に、だれかが座っているように見えたのだ。

一人ではない。

二人いる。

吉太郎は吐胸《とむね》を突かれた。

そうか……と思った。

なつかしい香りが漂ってくる。厨の奥で、煮物がいい按配に煮えているかのようだ。

まだ黄菊巻きが残っていた。吉太郎は皿を二枚用意した。

一つずつ、上にのせる。

「ようこそ……」

と、吉太郎は言った。

そして、皿を手に取ると、師匠の時吉から教わったとおり、下からていねいに差し出した。

「ちょっとしょっぱいかもしれないけど、おいらがつくった黄菊巻きだ。食べておくれ、おとっつぁん」

目に映るものに暈《かさ》がかかっていた。みんなかすんで見えた。

「おっかさんも……」

もう一枚の皿を出す。

月あかりが急に濃くなった。表から差しこんできた光は、真新しい檜の一枚板の端をしみじみと照らした。

「売れ残ったものですまないね」

「なんの。よく工夫したな」

「おいしいよ、吉太郎」

声が返ってきた。

吉太郎の耳には、たしかにその声が届いた。

「筏巻きがあればよかったんだけど、あいにく売れ残らなかった」

「よかったじゃないか。みんな買ってくれたんだ。ありがたいと思いな」

まぼろしの父の声が響く。

「味の筏をつくって流してるんだね、おまえは」

優しい母の声がする。

「ああ……いろんなお客さんのところへ筏が届けばいいと思ってる」

「その心がけだ」

「おとっつぁん、本当に……」

「もう、いい」

父が吉太郎の言葉をさえぎった。

「済んだことは仕方がない。いまの見世を、一生懸命やりな」

「来てくれたお客さんに、ちゃんとお礼を言うんだよ」

「分かったよ、おっかさん……」

吉太郎は袖で目をぬぐった。父と母の顔をはっきりとたしかめようとした。

しかし、涙はあとからあとからあふれて、目に映るものはどうしても定まろうとしなかった。

遠くで猫がないた。

どこか物悲しいなき声が聞こえてきた。

「そろそろ行かないとな」

「おいしかったよ、吉太郎」

「また……」

吉太郎は、やっとの思いでそれだけ言った。

「ああ、また来るよ」

「達者でね」

一枚板の席で、あいまいな影がゆらいだ。

月あかりが薄くなった。

吉太郎は手をふいて、厨から出た。

見世を出て、前の通りを見ると、まだうっすらと気配が残っていた。

暗くさびしい道を、父と母が歩いていく。

帰っていく……。

その背に向かって、吉太郎は深々と頭を下げた。

「毎度ありがたく存じます」

喉の奥から絞り出すように、吉太郎は言った。

道の向こうで、父と母が立ち止まり、振り向いて手を挙げた。

吉太郎の目にはそう見えた。

「またのお越しを」

無理に笑顔をつくって、吉太郎は言った。

風が吹く。

その風に乗って、まぼろしの筏が流れ、見えなくなった。

第九章　銭小判《ぜにこばん》

一

「後先を考えずに奪《と》ったのはいいものの、売りさばくのに苦労して墓穴《ぼけつ》を掘りやがった。まあ自業自得だな」

のどか屋の一枚板の席で、あんみつ隠密が言った。

「これで、これからは心安んじて屋台を出せますね」

と、隠居。

「網を張った甲斐がありましたな」

人情家主の源兵衛が笑みを浮かべた。

「うちのおとっつぁんのお弟子さんはずいぶんいますからね。運よく網にかかってくれました」

おちよが千吉を見ながら言った。

このところは這い這いばかりでなく、座ったり立とうとしたり、さまざまな動きをするようになった。片足が悪いのでまだつかまり立ちはできないが、そのうちどうにかなりそうな感じにはなってきた。

「それにしても、道場をやってる者が剣呑な品を売りさばいていたとはのう」

「武士の恥じゃ」

原川新五郎と国枝幸兵衛、二人の勤番の武士が座敷から声を響かせた。

「まあしかし、これにて一件落着だ。……うん、嚙むと甘え」

安東が口に運んだのは山吹蒲鉾《やまぶきかまぼこ》だ。

山吹色は玉子の黄身の色だった。魚のすり身に黄身を加えるわけだが、裏ごししたものと生のもの、二つの黄身を使うところが肝要だ。こうすると、蒲鉾にしたときの舌ざわりが違う。

味つけは味醂だ。安東が来ることを考えていたわけではないが、多めに入れておいたから甘みがある。

「わたしは山葵《わさび》醬油《じょうゆ》でいただくよ」

「辛いものにつけると、甘さがより引き立ちますな」

季川と源兵衛が言ったが、さすがはあんみつ隠密で、つけるなら砂糖醤油だと言って譲らなかった。

「ちょいと焦げてるところがええな」

「うまい」

座敷の武士たちにも好評だった。

よくすり合わせたものを板に半月状に塗りつけ、蒸籠に入れて蒸す。これだけでもつややかだが、さっと焼き目をつけるとなお香ばしい。

「落着と言っても、例のものがどこから来たのか、そのあたりの首尾はいかがなものなんでしょう」

言葉を選びながら、時吉がたずねた。

「あいにくそこまでは分かんねえんだ。どこぞかの海賊が、南のほうで船を襲ったみたいなんだが」

「海賊ですか」

「南の海は魑魅魍魎《ちみもうりょう》の世界だからな。どんな剣呑なやつがいるか分からねえ」

「なるほど」

「どこの海賊か知らねえが、もちろん短銃が目当てじゃなかっただろう。たまたま荷の中にあったから奪ったってとこだろうよ。その盗品がいろんな手づるを経て、長崎から抜け荷として入ってきた。おおむね分かってきたのは、やっとそのあたりからだ」

「とりあえず江戸へ運んだら売りさばけると思ったんでしょうな」

隠居が猪口を一枚板の上に置いた。

「それが甘えとこだったな。ま、江戸へ持ちこんでくれたおかげで網に掛かったわけだから、こちらとしては重畳だったんだが」

「ひそかに遠くの藩に売りつけたりしたら剣呑でしたな」

「そや、買いたい藩はあっただろうに」

勤番の武士たちが言う。

「ここだけの話、おれだったらそうしただろう」

安東は声をひそめた。

「なのに、なまじ江戸へ運んだばかりにさばくのに困ってしまったわけですか」

家主が納得顔になった。

「なんとかなると高《たか》をくくって江戸へ運んだものの、あんなものを見世に並べるわけにはいかないやね。それで、こっそり『さんざん』の辻に屋台を出して、どこぞかの料理屋の座敷で……」

あんみつ隠密は妙な目つきで座敷のほうを見た。

「お手前の藩では、短銃に入り用はござらんか」

「安うしてくれるんなら、なんぼでも買うで」

二人の勤番の武士が、心得て寸劇を始めた。

「ならば、三つ辻が二つ続いているところに出ている屋台を探してくれ。『さんざん探したぞ。団子と包玉子をくれ』と言えば短銃が出てくる」

「いくらや」

「一挺、二十両。これ以上は負からん」

「よっしゃ、五挺もらおか。……こんな調子やな」

国枝が憎めない顔で言った。

「そうそう、うまいもんですな。……お、うまいといえば、この香りは」

「はい、安東様がふらりと見えてもすぐつくれるものでございます。そろそろ汁気が抜けてきました」

時吉は鍋をのぞいた。

油揚げの甘煮だ。

食べよい大きさに切った油揚げを鍋に入れ、控えめに水を張って煮る。煮ているうちに油が抜けるから、油抜きの下ごしらえの必要はない。

味つけはふんだんに三温糖《さんおんとう》を入れて甘くし、煮立ったところで醬油を差してこくを出す。あとは煮詰まったらできあがりという、いたって簡明な料理だ。これならあんみつ隠密が顔を見せてからでもつくれる。

「お待ちどおさまでございます」

平椀に盛った、まだ湯気を立てているあつあつのものを出す。

「うん、甘え……じゅわっと汁がしみでてくる。こいつぁこたえられないね」

安東は相好を崩したが、ほかの客は手を挙げなかった。あんみつ隠密の好みに合わせたらむやみに甘すぎることはよく分かっているからだ。

「なら、あれを、おまえさん」

おちよが声をかけた。

「承知」

時吉は笑みを浮かべ、すでにできている鍋に歩み寄った。

鮪《まぐろ》の角煮《かくに》だ。

師匠の長吉から教わったことは数多いが、時吉が思案してつくった料理もずいぶんとある。

鮪を使った料理もその一つだ。長吉は「鮪なんて下魚《げぎょ》を使えるかよ」と歯牙《しが》にもかけないが、時吉は臆せず使う。

角煮はとろを使う。一口《ひとくち》大に切った鮪は、実山椒をつぶしたものとともに含め煮にする。いっぺんに鍋に投じるとくっついてしまうので、少しずつ入れていくのが骨法だ。

味つけは、だし汁に醤油と味醂。山椒の香りが存分にしみているから、いい酒の肴になる。

「こら、うまい」

「江戸の味やね」

大和梨川藩の藩士たちがうなる。

「国元におられる殿が召し上がれば、ことのほか喜ばれるであろうな」

「そうじゃのう……召し上がることができればのう」

国枝の顔つきが曇ったのを、時吉は見逃さなかった。

「殿のおかげんは、その後いかがでしょうか」

厨を出て座敷に近づき、声を落としてたずねる。

「いや、まあ、その件については……」

国枝は原川の顔を見た。

「人目もあるゆえ……また近いうちに改めて」

原川はいくらか考えてから言った。

人目、とは安東のことだろう。黒四組の組頭の耳には入れたくない話なのかもしれない。時吉はそう料簡し、それ以上は訊かなかった。

殿の具合があまり芳しくないことは察しがついたが、もう藩士ではない。とりあえずは考えないことにした。

「ところで、旦那はこたびの捕り物にも出られたのですかな?」

座敷の話が一段落したのを見計らって、隠居がたずねた。

「いや、おれは根回しをしただけだ」

油揚げの甘煮を肴に酒を呑みながら、安東は答えた。

「道場をやってる連中が相手だから、火付盗賊改《ひつけとうぞくあらため》の荒っぽい連中に動いてもらった」

「そのための根回しですな」

「そうだ。おかげで一網打尽で引っ捕まえて、あっけなくお仕置きになった。さすが、餅は餅屋だな。火盗《かとう》のやつらはやることが早《はえ》えや」

「で、抜け荷を運んできたほうはどうなったんです？」

源兵衛が身を乗り出す。

「そもそも、海賊は？」

時吉も問うた。

「そこまで全部網に掛けられたらよかったんだが、捕まえたのは尻尾だけだ。こいつみたいに短い尻尾だけでな」

あんみつ隠密は、ひょこひょこと近づいてきた子猫を指さした。

一匹だけのどか屋に残った三毛猫は、曲《きょく》のない名だが「みけ」と呼んで皆でかわいがっている。生まれたてのころは母猫のちのが首にくわえて運んでいたものだが、あっと言う間に猫らしくなって、もういまでは運びきれない。

「まあ、仕方がないでしょう。尻尾だけでも捕まえられたんですから」

隠居が言った。

「そうだな。芋づる式にたぐっていって、南のほうの海賊まで捕まえるわけにはいかないやね」

あんみつ隠密が達観したように言ったとき、のれんが開いてどやどやと職人衆が入ってきた。

ちょうど潮時と見て、二人の勤番の武士が腰を上げた。

「ほな、また寄らしてもらうわ」

「ひょっとしたら、相談事を持ちこむかもしれんがな」

「その節は、よしなに」

原川と国枝はそう言って、のどか屋から去っていった。

二

ほどなく安東も腰を上げ、一枚板の席がいくらか空いた。それを待っていたかのように、のれんを開けて入ってきた客がいた。

湯屋の寅次だ。

「おお、これは久しぶり」

「なかなかこちらには顔を見せなかったからね」

隠居と家主が言う。

「斜向かいに小菊ができたから、ついそっちのほうへ寄っちまうもんで。そのせいで、このとおり」

寅次は腹をぽんとたたいた。

「そんなに腹が出てるようには見えないがね」

「出てますよ。あそこへ行くたびに寿司かおにぎりをつまんでるんだから、そりゃ無理ないけどね」

「あちらはどうです？　繁盛してましょうか」

おちよがたずねる。

「そりゃあ、もう。おかげでおとせのやつ、いっこうに帰ってきやしねえ」

「帰ってこないのには、べつのわけが……あっ、大丈夫？」

つかまり立ちをしようとしてうっかりあお向けに倒れた千吉を、おちよはあわてて抱き起こした。

たちまち大声で泣きはじめる。

「おお、痛かったな」

「もうちょっとだったのによう」

「こっちへ来な、おいらが抱っこしてやろう」

気のいい職人衆が口々に言う。

「なら、お願いします」

おちよが子供を渡す。

客たちにあやされた千吉は、ほどなく泣き止んで機嫌よさそうな顔つきになった。

「うちのおとせも、あれくらいの時分があったんだよなあ」

寅次が感慨深げに言った。

「子供はあっと言う間に育つからね」

と、隠居。

「そうそう。今日はいっちょまえに厨に入って手伝ってやがった」

「ほう、料理もできるのかい、おとせちゃんは」

家主が問う。

「できるうちには入りませんよ。こちらのおかみに比べたら、足元にも及ばねえ。とてもとても」

寅次はあわてて手を振った。

「一応、料理人の娘ですから。飾り切りなんかは得意なんです」

おちよが胸を張る。

「ちよの手わざは、わたしより上手ですから。次の祝いの宴では、手伝ってもらうつもりです」

時吉は笑みを浮かべて、寅次の顔をちらりと見た。

「楽しみだね」

隠居も言う。

「楽しみなんだかどうか」

湯屋のあるじはいささかあいまいな顔つきになった。

「そりゃあ、無理もないね。娘を嫁に出すんだから」

源兵衛がそう言うと、耳ざとく聞きつけた座敷の職人衆がにわかに色めき立った。

「嫁入りだって？」

「あのおとせちゃんが？」

「そいつぁめでたい」

「もうそんな歳かよ」

「で、だれんとこへ嫁に行くんだい？」

かしらがたずねた。

「嫁に行くってほど、遠くはないんだがねえ」

「うふふ」

その言葉を聞いて、おちよが笑った。

「なら、おんなじ町内かい」

「そりゃ大変《てえへん》じゃねえか」

「おいらがもらうんじゃねえぞ」

「だれがおめえに訊いてるんだい。湯屋の看板娘がおめえみたいなでこぼこ顔のとこへ嫁に行くかよ」

「だれがでこぼこ顔だよ。てめえのつらだって……」

「まあまあ……」

おちよがやんわりと割って入り、また千吉をだっこした。

「おんなじことを訊くが、だれんとこへ行くんだい」

「それが……斜向かいでねえ」

寅次は身ぶりをつけて明かした。

「湯屋の斜向かいって言うと……」

「小菊か」

「そんなら、ここで修業してた吉太郎のとこへ？」

湯屋のあるじはうなずいた。

「こいつぁ驚いた」

「いつのまに、そんなことになっちまったんだよう」

「ちっとも気づかなかったぜ」

「でも、めでてえじゃないか。それに、嫁入りって言ってもすぐそこだ。顔を見たけりゃすぐ見られる」

かしらが言う。

「あんまり近いのも考えものかもしれないね。ちっとも嫁に出したっていう気がしねえと思う」

寅次が首をひねった。

「嫁に行くんだから、何があっても我慢して、二度とうちの敷居をまたいじゃいけない、などと説教したりするものだがね」

と、季川。

「あいにく小菊にははばかりがないもんで、うちに借りにくるんでさ」

寅次がそう言ったから、また座敷がどっとわいた。

「そっちの我慢かよ」

「そりゃ仕方がねえ」

職人衆が笑う。

「吉太郎もこれを機に、さらに励むと思います。どうかよしなに」

厨で手を動かしながら、時吉が言った。

二親《ふたおや》を亡くしているから、歳はさほどではないが、のどか屋の二人が吉太郎の親がわりだ。

「そっちのほうはあんまり心配してないんだよ、時吉さん。今日、見世で食ってきた銭小判っていう寿司も、そりゃあ見事なもんだった」

「ああ、あれはわたしが教えたんです」

「なんだい、吉太郎が思案してつくったんじゃないのか」

「そのうち、いろんなことを思いついてつくるようになりますよ」

時吉はそう言って、鯖《さば》を食べよい大きさに切っていった。

「あの子は熱心にやってますから。おとせちゃんと夫婦になったら、うちよりずっと繁盛するでしょう」

おちよが請け合った。

「わたしも太鼓判を捺《お》しますよ。……はい、お待ち」

時吉は肴を出した。

しめ鯖の芥子和えだ。

三枚におろした鯖は、塩をしてから水で洗い、さらに酢で洗ってきゅっとしめる。薄口醤油に芥子をほどよく溶いたもので和え、大葉《おおば》を敷いた皿に盛って出す。

「身がこりこりしてうまいね」

と、隠居。

「味のからみ方がなんとも言えねえや」

「酒がすすむねえ」

寅次と源兵衛もうなる。

たまらねえとばかりに、職人衆も手を挙げて所望した。

「べた塩をしてから間を小半時足らず置かないといけないんですが、ようございましょうか」

時吉がたずねた。

「それくらいは呑んでるさ」

「まだいろいろ訊きてえこともあるしさ、おとせちゃんの件で」

「そうそう。で、銭小判っていう寿司はどんなものだい？　聞いたことがねえ」

手ぬぐいを首にかけたいなせな男がたずねた。

「外っ皮は薄焼玉子なんだ。それがこう、ありがてえ小判のかたちをしてる。その中に五目寿司が入ってると思ってくれ」

寅次が手つきをまじえて伝えた。

「ほう、玉子は黄色いから、たしかに小判に見えるな」

「なら、銭は？」

職人衆の一人が問う。

「中に細めの胡瓜を巻いてあるんだよ。切ったら丸い銭のかたちになるだろう？」

「なあるほど」

「それで銭小判か」

「でも、胡瓜は青臭くねえか？」

「そのあたりは心配ご無用です」

鯖をおろしながら、寿司を吉太郎に伝授した時吉が言った。

「胡瓜は塩を振って板摺りをします。それから、たっぷりの湯にさっとくぐらせてすぐ水で冷やしたら、青臭さが取れてこりっとした嚙みごたえとうま味だけが残るんです」

「料理人の技だねえ」

隠居がそう言って、猪口に手を伸ばした。

「技って言えば、銭小判の寿司飯はいろんなものが入ってたねえ」

「ええ。干瓢に椎茸に穴子、どれも粗《あら》みじんに切って混ぜこむように教えました。玉子も味つけだけじゃなくて片栗粉を加えたりしてるので、うまく味が響き合っていると思いますよ」

「こうやって、味ものれんの色も受け継がれていくわけだ」

家主がそう言ったとき、鯖の香りに誘われたのか、みけが足元にすり寄ってきて「みゃあ」とないた。

「猫だって忘れちゃいけないよ、源兵衛さん」

「そうだね。のどかの孫がいるんだから、そりゃ繁盛間違いなしさ」

家主はそう言って、三毛猫の首のあたりを軽くなでてやった。

子猫がごろごろと喉をならす。向こうのまどかは、母のちのより祖母ののどかに似ているらしい。よく間違える客がいるという話をおとせから聞いた。

「で、祝言はここでやるのかい？」

かしらがたずねる。

「湯屋でやるのも変な話だからよ」

「嫁にやるんだから、湯屋でやったらまずいでしょうに、寅次さん」

と、隠居。

「のどか屋を貸し切って、やらせていただきます。また貼り紙を出しますので」

おちよが如才なく告げた。

「おれらも出てえところだがな」

「祝儀はそれなりに張りこむがよう」

職人衆が言う。

「身内だけしか入れねえや。無理言って困らせるんじゃねえぞ」

「へい、かしら」

「狭くて相済みません。小菊のほうへ行って、何かつまんでやってくださいまし」

おちよが頭を下げると、子が看板猫をつとめているちのがひょこりと座敷に上がり、

「たのむにゃ」とばかりにないた。

「猫にお願いされちまったぜ」

「なら、あしたにでも寄ってみらあ」

「どうぞよしなに」

おちよがおどけて言ったとき、千吉が声を発した。

「おや、いまの声は……」

隠居が小首をかしげた。

「しゃべったように聞こえましたな」

すぐさま源兵衛が言う。

「たまたま、かもしれませんけど……おまえさん、聞こえた？」

おちよは厨に声をかけた。

時吉はひと呼吸置いてから答えた。

「うまうま、って言ったような気がしたな」

第十章　小菊巻き

一

婚礼の日――。

のどか屋の厨は大忙しだった。

吉太郎とおとせ、小菊を切り盛りしている二人の婚礼だ。場がぱっと華やぐような花の寿司づくしにしようと、時吉とおちよは相談していた。

この際、季節の重なりには目をつむって、つくれる花はすべてつくってしまおう。そう話がまとまったが、その分、むやみに手間がかかる。長吉屋からも弟子が助っ人に来たが、まだまだできていないものも多かった。

「梅はこんな感じで大丈夫ね」

おちよがそう言って、ひとつ長い息を吐いた。

「ああ、さすがだな。おれがやるよりずっときれいだ」

手を動かしながら、時吉が言う。

梅の花びら寿司は、こうつくる。

紅白になるように、鮭《さけ》（紅）と平目（白）を用意する。どちらも薄切りにしなければならない。ここからもう技が繰り出されていく。

薄切りにした身は四角い形に整え、寿司飯をのせて巻きこむ。こうして五本の細い巻き寿司ができる。

これがきれいな花びらになる。

横に二本、丸太の要領で並べたら、錦糸玉子をていねいにのせる。花の蕊《しべ》は細く切った薄焼き玉子だ。

残りの三本を重ねてさらに形を整え、巻き簀にのせる。おちよは器用に手を動かしていた。このあたりの手わざは、さすがに料理人の娘だ。

「薄くて透明な紙みたいなものがあったら便利なのにねえ。それで包んだら、もっと簡単にできるのに」

そんなことを言いながらも、おちよは慣れた手つきで細工寿司をつくっていった。

巻き簀でしっかりと巻き、いくらかなじんでから包丁で切れば、五弁の花びらが美しい梅の花びら寿司ができあがる。

「ちょっと遅れたけど、こっちも椿ができた」

時吉はそう言って、箸の先で花びらの形を整えた。

「まあ、きれい。だんだんそろってきたわね。……ほら、千ちゃん、きれいな椿の花」

おちよは背に負うた千吉に見せた。

椿の紅白は鮪と紋甲烏賊《もんごういか》だ。これも薄切りにするが、いくらか厚みを持たせた大きめの身にするのが骨法だ。これは布巾を当てながら慎重につくる。

身は薄くしたほうを下にして、一枚ずつ一口大の寿司飯に張りつけていく。花びらになる身をひとわたり張りつけたら、竹串を使って花びらが少し開くようにする。

ただし、これだけでは芯の寿司飯が見えていて花らしくない。そこで、仕上げに上から黄身そぼろを振りかけて蕊に見立てる。なんとも手の込んだ品だ。

ほかにも牡丹ができた。もともと花づくりという刺身の盛り方がある。それに準じて思案しながらつくれば、たいていの花はかたどることができる。

「でも、見世の名がないとね」

「小菊の二人の祝言だからな」

「祝言っても、ここだけのお披露目だけど」

「まあ、草《ぞう》の祝言だ。堅苦しい決まり事はなしにして、花づくしで祝ってあげよう」

「そうね、そのためにも小菊はつくっておかないと」

　おちよはまた包丁を操りだした。

　三枚におろした細魚《さより》を塩水に投じ、水気をよく切る。皮を引いてから魚の身の背を合わせ、いくらか斜めに薄切りにしていく。

　寿司飯は濡れ布巾を用い、丸いかたちにまとめて、真ん中を少しだけくぼませる。この飯の土台に細魚の身を一枚ずつ張りつけていく。

　くぼんだところに山葵を、とのせ、細魚の身をもう一段張りつける。これでいい感じの厚みが出る。仕上げに、山葵の上から黄身のそぼろをはらはらと振りかければできあがりだ。

「毬みたいで、かわゆくできたな」

　時吉が言う。

「うん、でも、ほかのに比べたらちょっと地味かも」

「いぶし銀でいいさ。小菊という見世にぴったりだ」

「でも、祝いの席なんだから派手な菊もほしいかも」

おちよはそう言って、今度は乱菊寿司をつくりだした。

寿司飯のまわりに錦糸玉子を散らして、乱菊に見立てる。これは玉子から張りつけにいくのではなく、丸めた寿司飯をのせた皿をゆっくりと回しながら少しずつ形をつくっていくのが骨法だ。蕊の紅いところは梅酢生姜のみじん切りで見せる。

「こんな感じでよろしゅうございましょうか」

長吉屋の助っ人が、自信ありげにできたばかりのむきものを見せた。

「おお、いい鶴だな」

「ほんと。いまにも飛びそう」

時吉とおちよが声をそろえた。

「ありがたく存じます」

まだ若いが、腕に覚えのある料理人が頭を下げた。

包丁の技を存分に使い、野菜に細工をして花や鳥などをつくる。これをむきものと言う。料理の引き立て役として、祝宴などに花を添える役目だ。

ことに重宝するのは大根だった。削りやすいようにできているし、白いのもいい。いま助っ人が器用につくった鶴も、元は一本の大根だ。

「なら、亀と菊も頼む」

「承知しました」

その後も、粛々と料理づくりは続いた。

そして、時が来た。

吉太郎とおとせの婚礼の祝宴につらなる者たちが、一人また一人とのどか屋ののれんをくぐった。

二

綿帽子をかぶった打ち掛け姿のおとせは、常にもまして美しかった。笑みを浮かべると、その四方にぱっと光が放たれるかのようだった。

吉太郎は紋付袴《もんつきはかま》でかしこまっていた。白扇を帯に差した姿は絵になるが、こちらは見るからに緊張の面持ちだ。

その手首には、赤い紐が巻かれていた。前におとせが吉太郎に贈った魔よけのお守りだ。この思いをこめた贈り物が、二人が縁を結ぶきっかけになったらしい。

「これを置かせていただきたいのですが」

そのお守りを巻いた手を動かし、吉太郎がおちよに言った。

「ああ、例のものね」

祝宴の段取りの打ち合わせはあらかじめ済んでいる。吉太郎の意向を汲んで、席もしつらえられていた。

「ええ。心をこめてつくらせていただきました」

「これが、小菊のお寿司でございます……と」

さっきまで父の寅次と冗談を言い合っていたおとせは、神妙な顔つきで言った。

「うちがつくった小菊とかぶらなくてよかったわね」

と、おちよ。

「こちらは巻き寿司とおむすびの見世ですから」

吉太郎の表情がやっとやわらいだ。

そのとき、のれんが開き、長吉が姿を現した。

「おう、遅くなったな」

今日は作務衣に豆絞りではない。こちらも糊の利いた紋付だ。

「これは、大師匠。お越しいただき、ありがたく存じます」

「ありがたく存じます」

新郎新婦が頭を下げる。

「なんの。おめでてえことだな」

「はい」

「こりゃまたずいぶんと花ざかりじゃねえか、時吉」

「だいぶ季《とき》が交じっておりますけど」

「そこはそれ、だ。菊だけでもいろいろあるな」

「こちらの巻き物は、吉太郎さんが見世から持ってらしたんです。思いをこめて、つくった品で」

おちよが小ぶりの座布団を示した。

「そうかい……そりゃ、いい心がけだ」

通じるものがあったのか、長吉は何度か目をしばたたかせた。

今日は湯屋は休みだ。おとせのほうは、父と母と兄、それに親戚筋までずらりとそろっている。

それにひきかえ、吉太郎は両親を火事で亡くし、縁者もなく、天涯孤独の身だ。その代わりを、のどか屋の常連がつとめることにした。

隠居の季川、人情家主の源兵衛、それに、萬屋の子之吉が祝宴の席に連なっている。

子之吉がまとっているのは見るからに値の張りそうな黒い紬《つむぎ》だ。

「質流れの品で恐縮です」

背筋の伸びた質屋は申し訳なさそうに言った。

吉太郎が暮らしている長屋からも何人か来てくれた。座敷だけでは入りきれないから、一枚板の席にも座ってもらった。

「こういうときだけ向きが変わるといいのにねえ」

おちよが笑う。

千吉は長吉がしきりにあやしていた。ほおずりをされたのが怖かったのか、急に泣き出したりする。

知らない人がたくさん来たせいで、猫はおおむね二階に身を隠して様子をうかがっていた。ただし、まったく物おじしないちのだけは愛想をふりまきながらおのれの臭いをほうぼうにつけている。

そうこうしているうちに、役者がそろい、婚礼の時となった。

と言っても、格式張った堅苦しいものではない。広めの身内への、ほんのお披露目のようなものだ。

「えー、本日はのどか屋にお運びをいただき、ありがたく存じました。吉日の今日、のどか屋初めての弟子の吉太郎と、湯屋の看板娘だったおとせさんが晴れて所帯を持つことと相成りました。宴に先立ちまして、まずは固めの盃を」

時吉がいくぶんかたい口調で言った。

めったにつかわない朱塗りの酒器を手に取り、おちよが酒を注ぐ。この日のために灘《なだ》から取り寄せた極上の下り酒だ。

ほどなく、型どおり、三々九度の盃が酌み交わされた。

拍手がわく。

「では、ここからは、二人の門出を祝して、無礼講の宴ということにさせていただきます。ふつつかな料理ではございますが、ご用意させていただきました。どうぞ召し上がってくださいまし」

三日前から考えてきた口上を述べ終えると、時吉は一つ大きなため息をついた。

三

「まあ、孫ができたらうちの番台であやせるからね」

まんざら戯れ言でもなさそうな口調で、寅次が言った。

「でも、こちらのおかみさんみたいに背負ってあきないはできるじゃない」

おとせが言い返す。

「ずっと番台にいろって言ってるわけじゃねえさ」

「すぐ取り返しにいくもん」

花嫁がそう言ったから、のどか屋に和気が満ちた。

「取り返されても、斜向かいだからいいじゃないか。うちは浅草からここまで来なきゃならねえんだ」

長吉が嘆く。

「たまにはつれて帰ってるじゃないの」

おちよがすかさず言い返した。

「まあ、でも、楽しみだね。これからいろんなことがあるよ」

季川がしみじみと言った。

「ええ、苦しいことやつらいことがあっても、時が経てば笑い話になると、つねづねおっかさんが言ってました」

吉太郎がそう言って、小さな座布団の向きを手で直した。

紅と白、それも縁起物だ。

この日のためにあつらえたもので、金糸で縫い取りがなされている。

「なら、ちょいとご挨拶をするかね」

隠居はそう言うと、鶴のかたちをした酒器を手に取った。

「いや、その前に呑んでおかないと、あふれてしまう」

と、いったん酒器を置く。

「では、おいらが」

吉太郎は軽く両手を合わせると、膳に沿えられた盃をつかんだ。

呑み干す。

それは、陰膳《かげぜん》の酒だった。だれも座っていない、紅白の小さな座布団が敷かれた二つの席は、吉太郎の死んだ父と母のためにもうけられたものだった。

「あんたの半分はおとっつぁん、もう半分はおっかさんがくれたんだからね」

隠居はそう言って酒を注いだ。

「このたびは、まことにおめでたく存じました」

いくらか酔いがまわってきた隠居は、まるでそこに小さな人が座っているかのように、無人の座布団に向かって頭を下げた。

金糸の縫い取りの字は、こう読み取ることができた。

白は「小」、紅は「菊」。

小吉とお菊。

吉太郎の亡くなった両親の名だ。

江戸の華とは名ばかりで、人々に災いばかりもたらしている大火で死んだ両親の席が、そこにしつらえられていた。もちろん、吉太郎のたっての望みだ。

「ありがたく存じます」

もう片方の盃の酒も呑む。

本当は年忌が明けてから祝言をするつもりだった。だが、ある晩、吉太郎の夢枕に両親が立った。

「気を遣わなくてもいいよ」

「好き合った二人なんだから、早く祝言を挙げておしまい」

そんなやさしい声が聞こえた。

目を覚ましたとき、吉太郎の枕は涙に濡れていた。

「この料理はどうするんだい？」

源兵衛がたずねた。

二人の陰膳に盛られている巻き寿司だ。

「もちろん、よろしければお召し上がりください」

「みなさんのためにつくったお寿司ですから」

吉太郎とおとせが声をそろえる。

「そうかい。なら、遠慮なくいただくよ」

「気になっていたんだよ。彩りがいいからね」

隠居も箸を伸ばした。

吉太郎が心をこめてつくったのは、その名も小菊巻きだった。

食用の菊の花を蒸して平たくした菊海苔、干し菊とものし菊とも呼ばれるものを、まずは四つにたたむ。これを手早く茹でて笊に取り、布巾でていねいに押さえて水気をぬぐい取る。

菊海苔の味つけは甘酢だ。いったん煮立ててから冷ましておいたものに四半時（約三十分）足らず浸けて、また水気を取る。

具はほどよく煮つけた干瓢に椎茸に青菜、それに紅生姜のせん切りを加える。彩りが豊かで、さまざまな味が響き合う組み合わせだ。

支度が整ったら、巻き簀に菊海苔を広げる。その上に、海苔を重ねる。こちらは本家と言うべき黒い海苔だ。これで外側が二重になる。

寿司飯のならし方にもこつがある。まず真ん中にまとめて置き、手のひらで慎重に押し広げていく。巻きのことも考え、上下を一寸（約三・三センチ）ずつ残しておくのが肝要だ。

続いて、具をのせる。真ん中よりいくらか手前に溝をこしらえて盛りつけると、手前の寿司飯が向こう側の寿司飯の端にくっつくように素早く手を動かし、うまく転してかたちを整える。

あとは包丁を少し湿らせてから小口に切れば、見て良し食べて良しの小菊寿司ができあがる。

「うん、うまい」

隠居が笑みを浮かべた。

「外側の菊海苔のほろ苦さと具の甘み、それに寿司飯の味が絶妙だね」

源兵衛も絶賛した。

「どれ、味見を」

長吉も手を伸ばしてきたから、吉太郎は思わずひざを戻した。

歓談していたおとせも、じっと大師匠の様子を見る。

「うん……」

ひとしきり寿司を咀嚼《そしゃく》していた長吉の目尻に、にわかにしわがいくつも寄った。

「いい仕事をするようになったな、吉太郎」

その言葉を聞いて、孫弟子の表情がぱっとやわらいだ。

「ありがたく存じます、大師匠」

そのかたわらで、おとせの頭もひょこりと動いた。

「この寿司は、おまえが孝行できなかったおとっつぁんとおっかさんのためにつくったものだな？」

「はい。この祝いの席にいてほしかったのですが、おいらが助けられなかったもので……せめてもの罪滅ぼしのつもりで、気を入れてつくりました」

「その心持ちを忘れるな」

長吉はさとすように言った。

「おまえさんが出してる小菊という見世ののれんは、おとっつぁんとおっかさんの名前が一字ずつ入ってる。死んだおとっつぁんは、まだまだやりてえことがあっただろう。つくりてえ料理があっただろう」

吉太郎がうなずく。

長吉はさらに続けた。

「おっかさんだってそうだ。行きたいところがたんとあっただろう。やってみてえことがあっただろう。そんな二人の思い、果たせなかった夢が、のれんに乗ってると思いな。薄っぺらいひらひらしたのれんでも、ずしっと重みのある夢のれんだ。大事にしな」

「はい……」

吉太郎は袖で目元をぬぐった。

「今度は、二人の夢を乗せていくといいわね」

おちよが笑う。

「ええ、いい夢を乗せたいです」

おとせも表情を崩した。

「毎日、のれんの字を見て、少し黙禱《もくとう》してから掛ければいい」

時吉は吉太郎に言った。

「ええ、そうします。おとっつぁんとおっかさんの思いばかりじゃない。のれんの色を同じにしていただいたので、初心に戻れると思います」

初めてのどか屋ののれんをくぐったときとは見違えるような引き締まった表情で、吉太郎は言った。

深い藍色で、平生は黒と見分けがつかないが、日が差すと青みが分かる。のどか屋も小菊も、そんな渋い色合いののれんだ。

しだいに宴もたけなわになってきた。とりどりに咲き競っていた花々も、おおかたは列席者の胃の腑に落ちた。

頃合いを見計らって、時吉とおちよは椀物を出した。

「紅白の味噌で来るのかと思ったら、こういう紅白なんですね」

巳之吉が箸で椀だねをつまみあげた。

「ええ。細工仕事で紅白の小菊に見立ててあります」

「ほんとに小菊づくしだねえ」

隠居も椀を口元に運ぶ。

椀だねになっている紅白の菊は、人参と大根でつくる。

まずは、かつらむきだ。透けて見えるほど薄く切ったものを塩水に浸け、しなっとさせる。頃合いを見て水から上げ、端からゆっくりと二つ折りにする。

ここからが包丁技の見せどころだ。

袋になっているほうから切れ目を入れ、三分の一ほど残す。細い筒形にした人参を茹でて芯にし、そのまわりに薄い大根をぐるぐると巻きつけておく。

楊枝を刺して止めれば、いよいよ仕上げだ。静かに水に放してやれば、不思議や、ややあってゆるゆると菊の花が開いてくる。包丁人の手わざによって、大根が菊に化けてしまうのだ。

そのおめでたい紅白の菊を澄まし汁に入れた。味噌汁ではなくすきとおっているほうが、より華やぎが出る。

「倖《さいわ》いの一杯だね」

隠居が満足そうに言った。

「じゃあ、ここで一句お願いしますよ、師匠」

おちよが水を向けた。

「えっ、わたしかい?」

「そりゃ、師匠に餞《はなむけ》の句を詠んでいただかなくちゃ、祝いの場が収まりませんよ」

「そうかい、困ったねえ……」

と言いながらも、季川は矢立《やたて》を取り出した。

もちろん、この日のために思案してきたのだ。

ほどなく墨が磨りあがると、隠居は筆にたっぷりと含ませ、うなるような達筆でこうしたためた。

小《ち》さきものみなあたたかし菊日和《きくびより》

「『あたたか』と『菊日和』が重なってるんだが、まあご容赦をお願います。なら、おちよさん、これに付けておくれ」

「えっ、あたしが付句を？」

「そりゃそうさ。おちよさんだって俳人なんだから」

季川が言うと、まわりがにわかに手を拍《う》ちだした。

あとに引けなくなったおちよは、千吉を父の長吉に渡し、ぐっと思案してからこう記した。

なつかしきものここに集《つど》ひぬ

おちよはわが付句を読みあげて、空いている二枚の小さな座布団を見た。

皆も見る。

吉太郎も、おとせも見た。

「なつかしきもの、ここに……」

吉太郎は瞬きをした。

金糸で縫い取られた「小」と「菊」。そのたたずまいがいくらか違って見えた。

「うまく付けたね」

季川からおほめの言葉が出た。

「もっと連句を続けます？　師匠」

「いやいや、それじゃみなさんがご退屈だよ」

隠居は手を振って断った。

続いて、家主の源兵衛が自慢ののどを披露した。

蝶よ花よと　育てた娘
今日は他人の　手に渡す……

「簞笥《たんす》長持唄《ながもちうた》」だ。

江戸にはさまざまな地方から来た者がいる。源兵衛の長屋には、かつて雪深いみちのくから出てきた男が住んでいた。その店子《たなこ》から教わった婚礼の祝い唄だ。

さあさお立ちだ　お名残おしや
今度来る時ゃ　孫つれて……

意外にもと言ったら失礼だが、艶のある嫋々《じょうじょう》たる節回しだった。みな箸を置いて、人情家主の歌声に聞き惚れていた。

故郷恋しと　思うな娘
故郷当座の　仮の宿……

「恋しがるほど離れてねえがなあ」

寅次がそう言ったから、場がどっとわいた。

「そりゃそうだ。斜向かいなんだから」

「それで恋しがったら変だよ」

吉太郎の長屋の衆が囃す。

箪笥長持　七棹《ななさお》八棹《やさお》
あとの荷物は　馬で来る……

盛大な拍手がわいた。

源兵衛が満足げに一礼する。

「そんな物々しい嫁入り道具はねえけどよう」

と、寅次。

「そもそも、長屋に入らねえや」

「馬があの路地を通れるかよ」

「お引き取りいただくしかねえな」

長屋衆のさえずりが続く。

「でも、嫁入り道具はちゃんと按配したんだろう?」

隠居が問う。

「まあ、手鏡とか鍋とか布団とか、長屋に入るやつはいろいろとね」

寅次はそう言って娘を見た。

「大事に使わせていただきます」

　おとせはまじめな顔で言った。

「よせやい、他人行儀な」

　寅次はそう言うと、二、三度瞬きをして、ふっとあらぬほうを見た。

　祝宴はそろそろ大詰めにさしかかってきた。

「では、宴もたけなわではございますが、これから一家のあるじとなります吉太郎さんから、ご挨拶を賜りたいと存じます」

　時吉が場を進めた。

「本日は、ありがたく存じました」

　深々と礼をすると、吉太郎は小さな紅白の座布団をちらりと見た。

　小吉の「小」、お菊の「菊」。

　どちらの字も、うっすらと濡れているように見える。

「これからは、おとせと力を合わせて、小菊ののれんを出す一日一日を……そして、おつくりする巻き寿司やおむすびの一つ一つを大事にしながら、一生懸命つとめてまいります。どうかよろしくお願い申し上げます」

「よろしくお願いいたします」

　おとせも明るいはっきりとした声で和した。

拍手がわく。

のどか屋に集《つど》っただれもかれもが、二人の門出を祝しながら手を拍っていた。

つくった花はすべて胃の腑に収まった。

小菊巻きもきれいになくなり、見えなくなった。

それでも、座布団の「小」「菊」だけは変わらずその場にとどまっていた。

金糸で縫い取られたその文字は、吉太郎とおとせを最後まであたたかく見守っていた。

吉太郎はわずかに手を挙げて、拍手を制した。

そして、だれも座っていない紅白の座布団のほうを向いた。

おとせも同じほうを向く。

「おとっつぁん、おっかさん……」

吉太郎はそう切り出した。そこに見えない人影が座っているかのように語りかけた。

「やっと……ちょっとだけ親孝行ができたかな。これからも、『小』『菊』というのれんの向こうからおとっつぁんとおっかさんが見てくれてると思って、見世をやっていくよ。また……食べに来ておくれ。おいらもおとせも待ってるよ」

畳の上に、ぽつりと水ならざるものがしたたる。

吉太郎はかたわらのおとせに合図をした。

「お父さん、お母さん……」

おとせは三つ指をついて語りかけた。

「このたび、縁あって、吉太郎さんと所帯を持たせていただくことになりました。ふつつか者でございますが、懸命につとめますので、どうかよろしくお願いいたします」

綿帽子が、紅白の小さな座布団のほうへ動いた。

新郎新婦の挨拶が終わった。

また拍手がわいた。

「しっかりおやんなさい」

「息も抜きながらね」

「そうそう、あんまり初めから気張らないほうがいい」

「おとっつぁんもおっかさんも、ちゃんと見守ってくれてるよ」

しきりに声が飛ぶ。

ほどなく、吉太郎とおとせに笑顔が戻った。

「この座布団はどうするんだい？」

隠居が時吉にたずねた。

「もちろん、持ち帰ってもらいますよ。そのうち、使い道が出るでしょうから」

時吉がそう答えると、季川は何かに思い当たったような顔つきになった。

「子が順々にできたら、『小』と『菊』をつけてやろうと思ってるんです」

吉太郎がただちに謎を解く。

「なるほど、そりゃあいい。楽しみだね、おとせちゃん」

花嫁はいくらか恥ずかしそうにうなずいた。

おなかがすいたのか、千吉が急に泣きだした。

「はいはい、ただいま」

おちよが長吉の手から息子を取り戻す。

いまは空いている二枚の小さな座布団――。

その上に幼い子供たちが座り、笑っているように見えた。

終章　人生の一歩

一

「こうやって油を売ってても、あいつが呼びにこないのはさびしいねえ」

寅次はそう言って、猪口の酒を呑み干した。

「でも、顔は毎日見てるんだろう？　なら、いいじゃないか」

と、家主。

「そりゃまあ、そうなんですが。寿司もおにぎりも食ってるし」

「この寿司はずいぶんと凝ってるね。毎日、思案をしながらつくってることがよく分かるよ」

隠居がうなった。

「ほんとに、彩りと味をうまく考えてあって」

座敷の職人衆に肴を運びながら、おちよが言った。

「入れ子にするのは手間がかかるんですが、うまく按配すればいい巻き物になりますからね」

時吉が厨から言った。

寅次は小菊に立ち寄り、巻き寿司を手土産に提げてのどか屋ののれんをくぐった。

鮪の赤身と烏賊、それに沢庵を具にして細めの海苔巻きをつくる。これだけでも赤、白、黄の三色《みいろ》の具が響き合ってうまいのだが、さらにその細巻きを具にしてしまったのが吉太郎の思いつきだった。

細巻きの外に寿司飯を配し、いちばん外側に高菜を広げて巻く。こうすれば、海苔の黒と高菜の緑も響きに加わってくる。入れ子細工の鮮やかな寿司だ。

「見てると食いたくなってきたなあ」

「なんだか殺生《せっしょう》だぜ」

「ここで食えるもんじゃねえからよう」

座敷の職人衆が愚痴をこぼす。

「なら、帰りに小菊へ寄ってやってくださいよ」

寅次が笑顔で言う。

「けっ、うまいあきないをしてるぜ」

「親心だねえ」

「ま、そういったうしろ楯がありゃあ、小菊は繁盛間違いなしさ。……おお、ずいぶんと元気のいい這い這いじゃねえかよ」

職人衆の一人が千吉の頭を軽くなでた。

さすがは小料理屋の息子と言うべきか、常連客にはすっかり慣れた。客もお守りをしてくれるから、おちよとしてはありがたい。

「巻き寿司はあいにくできませんが、代わりに茸雑炊《きのこぞうすい》をつくってみました。いかがですか？」

時吉が声をかけると、次々に手が挙がった。

のどか屋ならではの、ほっこりとする料理だ。

茸は石づきを落とし、食べよい大きさに切ったりほぐしたりする。茸にもあくはあるから、さっと茹でて抜く。このひと手間で味が変わってくる。

鍋にだし汁を張り、塩と醬油と薄口醬油で味を調える。茸を入れて煮立ったらご飯を入れ、もう一度煮立ったところで火を止める。

これを椀に盛り、仕上げに三つ葉を散らせばできあがりだ。

「心の芯まで、ほわっとするよ」

隠居が笑顔で言った。

「とくに何も凝ったことはしてないんだがね」

と、源兵衛。

「小菊の巻き寿司は、この雑炊に比べたらけれんがありすぎるかもしれねえな」

寅次が少し首をかしげた。

「いや、それくらいでちょうどいいと思いますよ。若いうちからあまり枯れたものは目指さないほうがいいでしょう」

時吉が言うと、季川が見事な白髪にちらりと手をやった。

「ま、歳を取ると、おのずと枯れてくるものだからね」

隠居がそう言ったから、のどか屋に和気が満ちた。

「これ、仲良くしなさい。のどかはもう孫がいるんだから」

どたばたと階段でやまととけんかしていた猫を、おちよがたしなめた。

「そんなこと、猫に言ったって」

と、隠居。

「そう言や、小菊のまどかは鈴をつけてもらって、すまし顔をしてたよ」

寅次が伝えた。

ちょうどみけが家主の足元に擦り寄ってきた。

「おまえさんの姉ちゃん、ちゃんと看板猫をやってるそうだよ」

「おまえも母ちゃんみたいに、客に愛想をふりまかないとね」

寅次が座敷を見た。

職人衆のあいだに入った母猫のちのは、首筋をなでられてしきりに喉を鳴らしている。三味線屋にも喉を鳴らすんじゃないかと言われているほどで、相変わらずだれが来てもいそいそと擦り寄っていく。

「ああ、うめえ雑炊だった」

「茸ってこんなにうめえもんだったか」

「おいらは三つ葉に感じ入ったぜ。いい仕事をしてやがる」

「具に汁に飯、みんなが力を……おっ」

職人のかしらが短い声をあげた。

「まあ」

と、おちよも駆け寄る。

ずっと機嫌よく這い這いをしていた千吉が、柱につかまり、だしぬけに立ったのだ。

たしかに、立っていた。

左の足首が生まれつき曲がっているせいか、いままではどうしてもつかまり立ちができなかった。もうあと一歩のところで倒れてしまい、いつも泣き声をあげていた。

しかし、いまは違った。

両手で柱をつかみ、懸命に小さな体を支えていた。

「千吉!」

時吉が厨から駆け出してきた。

「千ちゃん、しっかり」

隠居が声援を送る。

「がんばれ、千ちゃん」

「その調子、歩けるぞ」

「行け!」

しきりに声が飛ぶ。

千吉の足は、ぷるぷるとふるえていた。

ちゃんとつかまり立ちができたのも初めてだ。ましてや足が悪い。歩くなんて、とても無理な話だった。

　それでも、千吉は歩こうとしていた。いくらか離れて見守っているおちよと時吉のところまで、歩いてたどり着こうとしていた。

「さあ、千吉」

　おちよが笑顔で両手を伸ばす。

「右足のほうへ体をのせてみな」

　時吉が身ぶりで示す。

　千吉は困った顔つきになっていた。進みたくても進めないのだ。

「あう、うう……」

　言葉にならない声がもれる。

「こっちよ。おっかさんは、ここにいるよ」

　おちよは涙声になった。

「さ、おっかさんのところまで行ってごらん。手を放して、思い切って歩いてごらん」

　時吉は歩くしぐさをした。

　それが通じたのかどうか、千吉の手が柱から離れた。

ゆらっ、と体が動く。

右足でどうにか踏ん張る。

だが、そこまでだった。悪いほうの左足で体を支えることはできなかった。

千吉はつまずいて前へ倒れた。

それでも、畳で顔を打ったりはしなかった。すんでのところで、おちよが抱きとめたからだ。

よほど怖かったのか、それとも安心したのか、千吉は大きな声で泣きだした。

「おお、よしよし。よくやったね」

抱きとめたわが子を両手でゆすりながら、おちよが言う。

「歩いたぞ」

「たった一歩でも、歩きは歩きだ」

「でかしたな、千ちゃん」

「立派なもんだ」

職人衆はみな笑顔になっていた。

「よくやった」

喉の奥から絞り出すように、時吉は言った。

まだ泣いている息子をおちよから受け取り、揺らしながら続ける。

「どんなことだって、一歩目から始まるんだ。おまえは歩いた。たとえ倒れても、足が悪くても、前へ歩こうとした。いまの気持ちを忘れるな」

そんなことを言っても、まだ千吉に分かるはずがない。それでも、時吉は言わずにはいられなかった。

「いけねえ……おとせが歩いたときのことを思い出しちまった」

寅次がそう言って、袖で目元をぬぐった。

「人生の一歩だね」

隠居がうなずく。

「そのうち、あっと言う間に大きくなって、吉太郎さんみたいな立派な料理人になるだろうよ」

「楽しみだね」

「そうやって、のれんはつながっていくんだ」

「この先もずっと寄らせてもらうぜ」

気のいい職人衆が口々に言った。

「おとっつぁんは憶えておくぞ、いまのおまえの一歩を」

時吉はそう言って、千吉をおちよの腕に返した。

「おかえり」

と、おちよは言った。

「あ、泣きやんだ」

あたたかい母の腕に戻って安心したのか、千吉はほどなくかすかな笑みを浮かべた。

そして、小さな口を動かして言った。

「うまうま……」

のどか屋はいつもの和気に包まれた。

「うまいものをつくる、って言ってるよ、千ちゃん」

隠居が笑う。

「いっぱいつくってくれ」

わが子の顔をのぞきこみ、時吉は言った。

その言葉に応えるかのように、千吉は今度ははっきりと笑った。

あどけない笑顔が、花のように開いた。

［参考文献一覧］

松下幸子『図説江戸料理事典』（柏書房）
『別冊家庭画報　一流板前が手ほどきする人気の日本料理』（世界文化社）
『別冊家庭画報　人気の日本料理2　一流板前が手ほどきする春夏秋冬の日本料理』（世界文化社）
『一流料理長の和食宝典』（世界文化社）
野﨑洋光『和のおかず決定版』（世界文化社）
志の島忠『割烹選書　酒の肴春夏秋冬』（婦人画報社）
志の島忠『割烹選書　四季の一品料理』（婦人画報社）
志の島忠『割烹選書　春の献立』（婦人画報社）
志の島忠『割烹選書　夏の献立』（婦人画報社）
志の島忠『割烹選書　秋の献立』（婦人画報社）

志の島忠『割烹選書　茶席すし』(婦人画報社)
志の島忠『割烹選書　むきものと料理』(婦人画報社)
志の島忠、浪川寛治『にほん料理名ものしり事典』(PHP文庫)
『クッキング基本大百科』(集英社)
料理＝福田洋、撮影＝小沢忠恭『江戸料理をつくる』(教育社)
『和幸・高橋一郎のちいさな懐石』(婦人画報社)
『和幸・高橋一郎の酒のさかなと小鉢もの』(婦人画報社)
『和幸・高橋一郎の味噌汁と吸いもの』(婦人画報社)
川口はるみ『再現江戸惣菜事典』(東京堂出版)
奥村彪生現代語訳・料理再現『万宝料理秘密箱』(ニュートンプレス)
辻義一『辻留料理塾　だれでもできる和食の基本』(経済界)
村田吉弘『割合で覚える和の基本』(NHK出版)
土井勝『野菜のおかず』(家の光協会)
鈴木登紀子『手作り和食工房』(グラフ社)
藤井まり『鎌倉・不識庵の精進レシピ　四季折々の祝い膳』(河出書房新社)
高橋千劔破『江戸の食彩春夏秋冬』(河出書房新社)

武鈴子『旬を食べる和食薬膳のすすめ』（家の光協会）
小林カツ代『小林カツ代の野菜でまんぷく野菜でまんぞく』（講談社＋α文庫）
『復元江戸情報地図』（朝日新聞社）
三谷一馬『江戸商売図絵』（中公文庫）
北村一夫『江戸東京地名辞典　芸能・落語編』（講談社学術文庫）
今井金吾校訂『定本武江年表』（ちくま学芸文庫）
市古夏生・鈴木健一校訂『新訂江戸名所図会』（ちくま学芸文庫）
稲垣史生『三田村鳶魚江戸武家事典』（青蛙房）
笹間良彦『大江戸復元図鑑〈庶民編〉』（遊子館）
宇佐美英機校訂『近世風俗志』（岩波文庫）
菊地ひと美『江戸衣装図鑑』（東京堂出版）
興津要『江戸娯楽誌』（講談社学術文庫）
『The Kasama　ルーツと展開』（茨城県陶芸美術館）

時代小説

二見時代小説文庫

夢《ゆめ》のれん　小料理《こりょうり》のどか屋《や》　人情帖《にんじょうちょう》8

著者　倉阪鬼一郎《くらさかきいちろう》

発行所　株式会社 二見書房
東京都千代田区三崎町二－一八－一一
電話　〇三－三五一五－二三一一［営業］
〇三－三五一五－二三一三［編集］
振替　〇〇一七〇－四－二六三九

印刷　株式会社 堀内印刷所
製本　ナショナル製本協同組合

落丁・乱丁本はお取り替えいたします。
定価は、カバーに表示してあります。

 ISBN978−4−576−13075−0
http://www.futami.co.jp/

二見時代小説文庫

人生の一椀 小料理のどか屋 人情帖1

倉阪鬼一郎［著］

もう武士に未練はない。一介の料理人として生きる。一椀、一膳が人のさだめを変えることもある。剣を包丁に持ち替えた市井の料理人の心意気、新シリーズ！

倖せの一膳 小料理のどか屋 人情帖2

倉阪鬼一郎［著］

元は武家だが、わけあって刀を捨て、包丁に持ち替えた時吉の「のどか屋」に持ちこまれた難題とは…。心をほっこり暖める時吉とおちよの小料理。感動の第2弾

結び豆腐 小料理のどか屋 人情帖3

倉阪鬼一郎［著］

天下一品の味を誇る長屋の豆腐屋の主が病で倒れた。このままでは店は潰れる。のどか屋の時吉と常連客は起死回生の策で立ち上がる。表題作の外に三編を収録

手毬寿司 小料理のどか屋 人情帖4

倉阪鬼一郎［著］

江戸の町に強風が吹き荒れるなか上がった火の手。店を失った時吉とおちよは無料炊き出し屋台を引いて復興への一歩を踏み出した。苦しいときこそ人の情が心にしみる！

雪花菜飯《きらずめし》 小料理のどか屋 人情帖5

倉阪鬼一郎［著］

大火の後、神田岩本町に新たな店を開くことができた時吉とおちよ。だが同じ町内にけれん料理の黄金屋金多が店開きし、意趣返しに「のどか屋」を潰しにかかり…

面影汁 小料理のどか屋 人情帖6

倉阪鬼一郎［著］

江戸城の将軍家斉から出張料理の依頼！ 隠密・安東満三郎の案内で時吉は江戸城へ。家斉公には喜ばれたものの、知ってはならぬ秘密の会話を耳にしてしまった故に…

剣客相談人 長屋の殿様 文史郎

森 詠［著］

若月丹波守清胤、三十二歳。故あって文史郎と名を変え、八丁堀の長屋で貧乏生活。生来の気品と剣の腕で、よろず揉め事相談人に！心暖まる新シリーズ！

狐憑きの女 剣客相談人2

森 詠［著］

一万八千石の殿が爺と出奔して長屋暮らし。人助けの万相談で日々の糧を得ていたが、最近は仕事がない。米びつが空になるころ、奇妙な相談が舞い込んだ…

赤い風花《かざはな》 剣客相談人3

森 詠［著］

風花の舞う太鼓橋の上で旅姿の武家娘が斬られた。瀕死の娘を助けたことから「殿」こと大館文史郎は巨大な謎に立ち向かう！大人気シリーズ第3弾！

乱れ髪残心剣 剣客相談人4

森 詠［著］

「殿」は、大川端で心中に見せかけた侍と娘の斬殺死体を釣りあげてしまった。黒装束の一団に襲われ、御三家にまつわる奥深い事件に巻き込まれていくことに…！

剣鬼往来 剣客相談人5

森 詠［著］

殿と爺が住む八丁堀の裏長屋に男装の女剣士が来訪！大瀧道場の一人娘・弥生が、病身の父に他流試合を挑む凄腕の剣鬼の出現に苦悩、相談人らに助力を求めた！

夜の武士《もののふ》 剣客相談人6

森 詠［著］

殿と爺が住む裏長屋に若侍を捜してほしいと粋な辰巳芸者が訪れた。書類を預けた若侍が行方不明なり、相談人らに捜してほしいと…。殿と爺と大門の剣が舞う！

笑う傀儡《くぐつ》　剣客相談人7

森詠［著］

両国の人形芝居小屋で観客の侍が幼女のからくり人形に殺される現場を目撃した「殿」。同じ頃、多くの若い娘の誘拐事件が続発、剣客相談人の出動となって……

七人の刺客　剣客相談人8

森詠［著］

兄の大目付に呼ばれた殿と爺と大門は驚愕の密命を受けた。江戸に入った刺客を討て！　一方、某大藩の侍が訪れ、行方知れずの新式鉄砲を捜し出してほしいという。

北瞑の大地　八丁堀・地蔵橋留書1

浅黄斑［著］

蔵に閉じ込めた犯人はいかにして姿を消したのか？　岡っ引き喜平と同心鈴鹿、その子蘭三郎が密室の謎に迫る！捕物帳と本格推理の結合を目ざす記念碑的新シリーズ！

蔦《つた》屋でござる

井川香四郎［著］

老中松平定信の暗い時代、下々を苦しめる奴は許せぬと反骨の出版人「蔦重」こと蔦屋重三郎が、歌麿、京伝ら「狂歌連」の仲間とともに、頑固なまでの正義を貫く！

陰聞《かげき》き屋　十兵衛

沖田正午［著］

江戸に出た忍《しのび》四人衆、人の悩みや苦しみを陰で聞いて助けます。亡き藩主の無念を晴らすため萬ず揉め事相談を始めた十兵衛たちの初仕事の首尾やいかに!?　新シリーズ

刺客　請け負います　陰聞き屋　十兵衛2

沖田正午［著］

藩主の仇の動きを探るうち、敵の懐に入ることになった陰聞き屋の仲間たち。今度は仇のための刺客や用心棒まで頼まれることに。十兵衛がとった奇策とは!?

公家武者 松平信平《のぶひら》 狐のちょうちん

佐々木裕一［著］

後に一万石の大名になった実在の人物・鷹司松平信平。紀州藩主の姫と婚礼したが貧乏旗本ゆえ共に暮せない。町に出ては秘剣で悪党退治。異色旗本の痛快な青春

姫のため息 公家武者 松平信平2

佐々木裕一［著］

江戸は今、二年前の由比正雪の乱の残党狩りで騒然。背後に紀州藩主頼宣追い落としの策謀が……。まだ見ぬ妻と、舅を護るべく公家武者の秘剣が唸る。

四谷の弁慶 公家武者 松平信平3

佐々木裕一［著］

千石取りになるまでは信平は妻の松姫とは共に暮せない。今はまだ百石取り。そんな折、四谷で旗本ばかりを狙い刀狩をする大男の噂が舞い込んできて……。

暴れ公卿 公家武者 松平信平4

佐々木裕一［著］

前の京都所司代・板倉周防守が黒い狩衣姿の刺客に斬られた。狩衣を着た凄腕の剣客ということで、疑惑の目が向けられた信平に、老中から密命が下った！

千石の夢 公家武者 松平信平5

佐々木裕一［著］

あと二百石で千石旗本。信平は将軍家光の正室である姉の頼みで、父鷹司信房の見舞いに京の都へ……。松姫への想いを胸に上洛する信平を待ち受ける危機とは？

妖《あや》し火 公家武者 松平信平6

佐々木裕一［著］

江戸を焼き尽くした明暦の大火。千四百石となっていた信平も屋敷を消失。松姫の安否を憂いつつも、焼跡に蠢く悪党らの企みに、公家武者の魂と剣が舞う！